사랑이 한 일

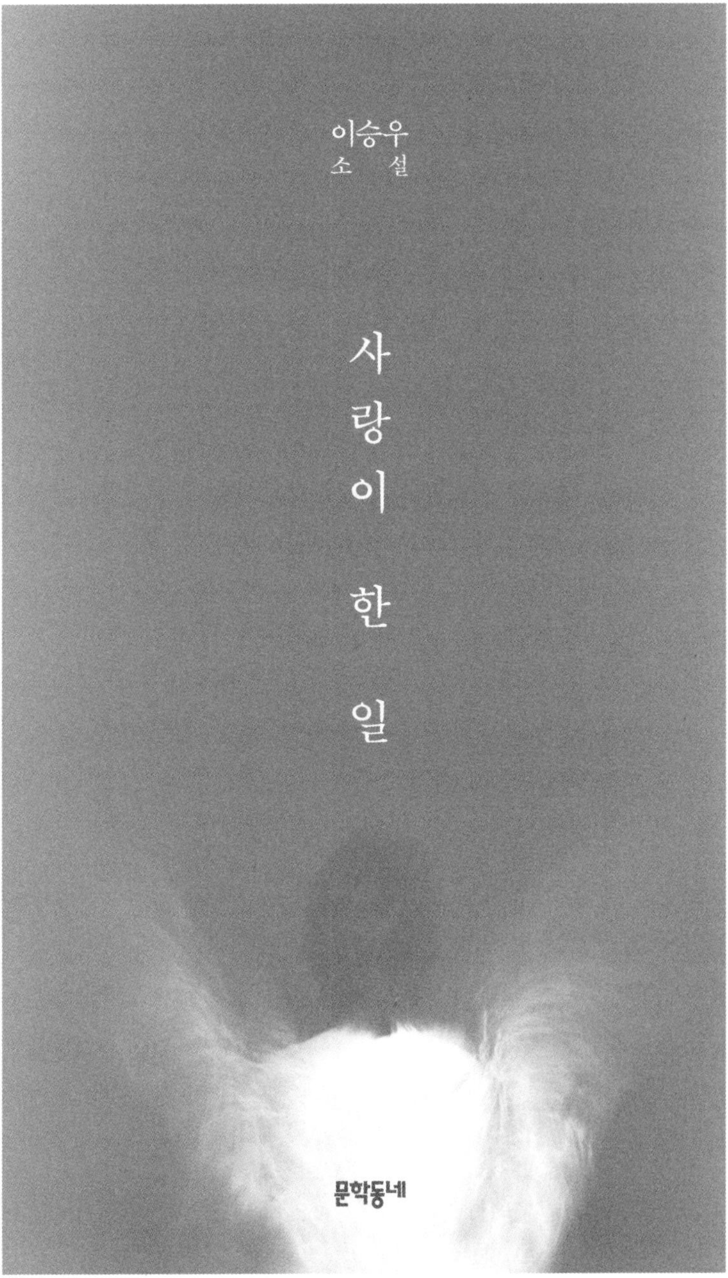
이승우
소 설
사랑이 한 일
문학동네

무엇보다 사랑은 잘 말해져야 한다.

예컨대 말하지 않은 것과 같은 방식으로 말해져야 한다.

차례

소돔의 하룻밤

그들이 잠자리에 들기 전에 소돔 사람들이 어른 아이 할 것 없이 사방에서 마구 몰려와 그 집을 둘러싸고 롯을 부르며 "오늘 저녁 네 집에 온 사람들이 어디 있느냐? 그들을 끌어내라. 우리가 강간하겠다" 하고 외쳤다.
롯이 밖으로 나가서 등뒤로 문을 닫고 그들에게 말하였다. "여러분, 부탁입니다. 제발 이런 악한 짓은 하지 마시오. 나에게 시집가지 않은 두 딸이 있습니다. 그 딸들을 당신들에게 내어줄 테니 당신들 좋을 대로 하시고 이 사람들에게는 제발 아무 짓도 하지 말아주시오. 이들은 내 집에 온 손님들입니다."

—「창세기」 19장 4절-8절, 현대인의 성경

1-1. 저녁 무렵 두 명의 나그네가 소돔에 이르렀다. 성문 어귀에 앉아 있던 롯이 그들을 보고 일어나 자기 집에 가서 자고 아침에 길을 떠나라고 청했다. 그들은 롯의 청을 거절하며 말했다. "아닙니다. 우리는 그냥 길에서 하룻밤을 묵을 생각입니다." 그들이 그렇게 말한 것은 정말로 그렇게 해야 하기 때문이었다. 그들은 그 도시에 대한 사람들의 한탄과 부르짖음이 하늘에 사무쳐서 그것이 사실인지 감찰하기 위해 온 천사들이었다. 그들은 소돔과 그곳에 사는 사람들을 살펴야 했고, 그러기 위해서는 누군가의 집안으로 들어가면 안 되었다. 집안으로 들어가 문을 닫으면 집 바깥에 대해 알 수 없기 때문이다. 살피기 위해서는 대상과의 거리를 유지

해야 한다. 밀착하면 시야가 좁아지고 매몰되면 아예 시야가 없어진다. 내부자는 내부밖에 보지 못하는 것이 아니라 내부도 잘 보지 못한다. 담은 경계를 위해 만들어진다. 사람들은 움직임과 소리를 차단하고 살피는 시선을 차단하기 위해 담을 쌓는다. 담이 만들어지면 내부와 외부가 생겨난다. 담 쌓기는 거리를 없애는 기술이다. 그런 점에서 담이 둘러쳐진 집은 밀폐용기와 같다. 밀폐된 집에 들어간 사람이 살필 수 있는 것은 집주인이 보여주려고 한 것, 꾸며낸 것, 위장한 것, 연출한 것밖에 없다. 살피는 자가 보려 하고 보아야 하는 것은 꾸미지 않은 것, 감추지 않은 것, 연출하지 않은 것인데, 그것은 집주인이 보여주려고 하지 않는 것이다. 집주인이 보여주지 않으려고 감춘 것을 들춰내서 살필 수 있는 방문자는 없다. 집주인의 초청을 받아들이는 순간 그가 볼 수 있는 것은 주인이 보여주려고 한 것으로 제한된다. 그러니까 살피려는 자는 집안으로 들어가면 안 되는 것이다. 집밖에 있어야 하는 것이다. 그래서 이 소돔성에 찾아온 두 천사는 그냥 길에서 하룻밤을 지낼 거라고 말한다. 살피는 것이 그들의 일이기 때문이다. 그들은 그 일을 밤에, 길에서 하려고 한다. 롯은 그들에게 자기 집으로 가서 '발을 씻고 푹 자고 내일 아침 일찍 일어나서' 길을 떠나라고 말했다. 롯이 권한 것은 휴식과 수면이다. 오늘밤은 쉬고 자라. 그리고 내일 아침 떠나라. 그러나 그들은 쉬러 온 것이 아니라 일하러 왔다. 그들에게 필요한 것이 휴식과 잠자리였다면 롯의 초청을 받아들이는 것이 수월했을 것이고, 아마 바람직했을 것이다. 그러나 그들은 일하러 왔다. 그들은 집이 아니라 길에 있어야 했다. 그들이 롯의 초대를 받아들이지 않은, 받아들일 수 없었던 이유이다.

1-2. 저녁 무렵 두 명의 나그네가 소돔에 이르렀다. 성문 어귀에 앉아 있던 롯이 그들을 보고 일어나 자기 집에 가서 자고 아침에 길을 떠나라고 청했다. 롯은 그 시간에 왜 그곳에 앉아 있었을까? 성문 어귀는 도시의 초입이고, 사람들의 왕래가 많은 곳이다. 광장을 중심으로 주변에 사원과 관청과 시장이 형성되어 있었다. 그렇다고 해도 해가 질 무렵에 그곳에 혼자 앉아 있는 롯의 사연을 알기는 어렵다. 유추해 볼 수는 있다. 예컨대 그곳에 위치해 있을 것으로 추측되는 사원과 관청과 시장과 광장에 그를 배치시켜 상상해보는 방법. 그럴 경우 그는 시간에 맞춰 사원에서 경배를 드리는 신심 깊은 신자거나 주민들의 민원을 들어주고 판결을 내리는 일을 맡아 하는 지역 원로거나 집에서 기른 축산물이나 농산

품을 팔러 나온 상인일 수 있다. 어느 쪽이든 가능하고 또 어느 쪽이든 상관없지만, 그가 성문 어귀에 앉아 있다가 낯선 사람들을 극진히 맞이하는 장면은 경배자나 재판관이나 상인보다 손님을 맞는 주인 역할에 더 어울려 보인다. 롯은 올 것으로 예정된 그들을 맞이하기 위해 그곳에 앉아 기다린 것처럼 보인다. 그러나 사실은 그렇지 않다. 그는 그들이 올 것을 몰랐다. 그들이 그들이라는 것을 몰랐다. 그들이 그 도시를 감찰하러 온 천사들이었다는 걸 몰랐다. 그러나 누군가 성안으로 들어오면 맞이하려고 그곳에 앉아 있었던 것은 맞다. 날이 저무는 시간에 잠자리가 필요한 나그네들을 기다리기 위해 성문 어귀에 앉아 있었던 것은 맞다. 그는 그 외에는 아무도 하지 않고, 굳이 하지 않아도 되는 일을 하고 있다. 그날만 그런 것이 아니라 매일 저녁 성문이 닫히는 시간까지 그곳에 앉아 있다가 돌아가는 것이 그의 일이었다. 그리하여 이날 마침내 나타난 이 낯선 나그네들에게 자기 집에 가서 자고 가라고 초청한 것이다. 그는 왜 그렇게 하는가. 그가 살고 있는 도시가, 특히 나그네들에게 위험하기 때문이다. 소돔은 크고 화려하고 풍요롭고 자유로운 것으로 유명했고, 무자비하고 차별적이고 문란한 것으로 유명했다. 그래서 불가피한 업무적 필요가 있을 때를 제외하고 이 도시에 머물려는 외지인은 별로 없었다. 그러나 이 도시에 대한 소문을 듣지 못했거나, 들었더라도 사정이 있어 어쩔 수 없이 하룻밤을 지내기 위해 성안으로 들어오는 사람들이 없지 않았다. 그런 사람들이 무슨 일을 당할지 모른다는 것이 롯이 저녁이면 성문 어귀에 나와 앉아 있는 이유였다. 그의 우려는 노파심이나 기우가 아니었다. 실제로 도시에서는 흉악한 일들이 심심찮게 일어났다. 롯에게는 해서는 안 되는 일에 대한 분별력이 있었다. 대부분의 도시 사람들이 잃어버린 감각이었다. 그가 어두워질 무렵에 그가 사는 도시로 낯선 두 사람이 들어오는 것을 보고, 마치 기다리고 있던 사람을 맞이하듯 바로 일어나서 자기 집으로 데리고 간 데에 까닭이 없지 않았던 것이다. 나그네들을 맞이하는 그의 태도는 다급하고 간절하다. 그는 마치 다른 사람이 보고 이 나그네들을 빼앗아갈까봐 걱정하는 사람처럼 서두르고, 마치 이 나그네들을 자기 집에 모시는 것이 큰 영광이라도 되는 것처럼 간절하게 행동한다. 처음에는 길에서 자겠다고 거절하던 두 나그네는 롯이 그토록 간절히 권하자 마지못해 롯의 집으로 들어갔다. 롯은 그들에게 누룩이 들어가지 않은 빵을 구워서 상을 차려주었다. 그들을 집에 들인 다음에야 누룩이 들어가지 않은 빵을 구워서 준 것으로 보아 이들은 오기로 예정되어 있는 손님들이 아닌 게 분명하다. 오기로 예정되어 있는 손님을 맞는 건 다급하지 않다. 이 성에 오기로 예정되어 있는 손님은 없다. 오는 사람이 누구일지 언제 올지 아무도 모른다. 올지 안 올지도 모른다. 올지 안 올지 모르기 때문에 기다릴 수 없고, 올지 안 올지 모르기 때문에 기다리지 않을 수 없다. 올지 안 올지 모르기 때문에 롯은 성문 어귀에 나가지 않을 수 없고, 올지 안 올지 모르기 때문에 누룩 넣은 빵을 항상 준비해둘 수 없다. 올지 안 올지 모르는 손님맞이는 다급할 수밖에 없다.

1-3. 저녁 무렵 두 명의 나그네가 소돔에 이르렀다. 성문 어귀에 앉아 있던 롯이 그들을 보고 일어나 자기 집에 가서 자고 아침에 길을 떠나라고 청했다. "아닙니다. 우리는 그냥 길에서 하룻밤을 묵을 생각입니다." 롯은 생각했을 것이다. 이 낯선 사람들은 이 도시가 어떤 곳인지 모르기 때문에 호의를 거절한다. 그러나 롯은 이 도시가 어떤 곳인지 알기 때문에 그들을 길에서 자게 할 수 없다. 그래서 그는 간곡하게, 받는 사람이 부담스러울 정도로 깍듯이 예의를 갖춰 자기 집에 들어와 쉬라고 간청한다. 그는 그들을 향해 얼굴을 땅에 대고 엎드리기까지 한다. 호의를 베푸는 사람의 이런 모습은 자연스럽지 않다. 일반적으로 간청은 호의를 필요로 하는 사

람이 하는 것이지 베푸는 사람이 하는 것이 아니다. 그런데 호의를 받을 입장에 있는 것으로 추정되는 나그네들은 간청하지 않는다. 간청하지 않을 뿐 아니라 거절한다. 호의를 받을 생각이 없기 때문이다. 상대방의 호의가 필요하지 않은 사람은 호의를 구하지 않는다. 필요하지 않은 타인의 적극적인 호의는 고마운 것이 아니라 거북하고 귀찮은 것이 된다. 천사들은 롯의 호의가 필요하지 않기 때문에 구하지 않을 뿐 아니라 귀찮기도 하기 때문에 거절한다. "아닙니다. 우리는 그냥 길에서 하룻밤을 묵을 생각입니다." 상대방이 원하지 않는 호의를 베풀려는 사람은 불가피하게 간청하는 자가 된다. 간청을 해서라도 호의를 베풀어야 할 이유를 가진 사람은 기꺼이 간청한다. 그 이유가 양보할 수 없이 중요한 것일 때, 거기다가 그의 호의를 받아들여야 하는 사람이 받아들이려 하지 않는 이유가 무지, 즉 상황 인식의 부재에서 말미암을 때, 그런데도 그 사실을 고지해서 상대방을 설득시킬 수 있는 여건이 되지 않는다고 판단될 때, 그의 간청은 과도해지고, 간절해지고, 상식을 넘어서는 것이 되고, 마침내 강요가 된다. 사실 모든 호의에는 어느 정도 강요적 성격이 포함되어 있다. 베풂은 일방적이어서 협상의 여지가 배제되어 있기 때문이다. 베풂은 받는 자에게 타협할 권리를 주지 않는다는 점에서 봉건적이다. 베풂의 정도와 시기와 수준을 놓고 협상할 기회는 제공되지 않는다. 그런 기회가 제공될 때 그것은 거래가 된다. 베푸는 자의 주는 행위는 강요하는 몸짓이다. 물론 베푸는 자 역시 어떤 식으로든(관습이든 양심이든 제도든 체면이든) 강요를 받아서 베푸는 자가 되지만, 동시에 그는 그 행위로 받는 위치에 있는 사람에게 강요한다. 거절하기 힘든 극진한, 과도한, 간청의 형식을 갖춘 호의는 거절하기 힘든 강요이다. 호의가 강요로 변할 때 자발성은 내면화되고 의무가 관계의 거의 유일한 소통 규칙으로 대체된다. 롯은 원치 않는다는 이들에게 극진하고 과도하고 간절히 권해서 마침내 자기 집으로 데리고 들어가는 데 성공한다. 롯의 성공은 나그네들이 강요를 수용한 결과이고, 그들의 호의의 결과이다. 그들은 마지못해, 어쩔 수 없이, 강요되어 롯의 호의에 응했다. 호의에 반응하는 것도 호의이다.

2-1. 그들이 잠자리에 들기 전에 소돔성 각 마을에서 남자들이 몰려와서 집을 둘러쌌다. 그들은 롯에게 소리쳤다. "오늘밤에 너의 집에 온 남자들이 어디 있느냐? 그들을 데리고 나오너라." 롯은 은밀하게 손님들을 데리고 들어왔지만, 그랬다고 생각했지만, 그 집에 외지인이 들어온 사실은 삽시간

에 알려졌다. 성안의 남자들은 롯이 가진 것과는 다른 이유로 나그네들에게 관심을 기울였다. 어떤 사람은 악수하기 위해 기다리고 어떤 사람은 쓰러뜨리기 위해 기다린다. 롯은 나그네가 혹시 올까봐 걱정하며 기다리고, 그래서 조마조마하고, 그러니까 그의 기다림은 기다림이 성취되지 않기를 바라는 기다림이고, 성안의 남자들은 나그네가 자기들 앞에 나타났을 때 벌어질 일을 상상하며 기다리고, 그래서 느긋하고, 그러니까 그들의 기다림은 기다림을 선취한 기다림이다. 기다리는 일이 일어나지 않기를 바라며 기다리는 사람은 안절부절못하지만, 기다리는 일이 일어나기를 바라며 기다리는 사람은, 흥분을 예열하고 있다. 예열된 흥분은 자극을 받으면 분출될 것이다. 롯은 한자리, 성으로 들어오는 입구에서 기다렸지만 남자들이 기다린 한자리는 없었다. 그들은 아무데서도 기다리지 않은 것 같은 방식으로 아무데서나 기다렸다. 그들이 아무데서도 기다리지 않은 것은 아무데서나 기다렸기 때문이다. 롯의 눈은 둘이었지만 그들의 눈은 무수히 많았다. 롯의 눈은 보이는 눈이었지만 그들의 눈은 보이지 않는 눈이었다. 보이지 않는 눈이 더 세세하고 더 은밀하게 잘 본다. 보이는 눈 앞에서는 생길 수도 있는 경계심이 보이지 않는 눈 앞에서는 생기지 않기 때문이다. 롯은 그 조심

성과 다급함과 은밀함에도 불구하고, 그 무수한 눈들로부터 나그네들을 감출 수 없었다. "오늘밤에 너의 집에 온 남자들이 어디 있느냐? 그들을 데리고 나오너라. 우리가 그 남자들과 재미를 좀 봐야겠다." 젊은이 노인 할 것 없이 여기저기서 남자들이 몰려왔다. 누가 먼저 알고 알렸는지 말할 수 없다. 주동자가 있었는지, 어떻게 선동했는지 말할 수 없다. 젊은이 노인 할 것 없이 몰려와서 한목소리를 내고 있는 것이라면 선동자가 있었는지, 그가 누구인지는 말할 필요가 없다. 한자리에 같이 있고 모두 같은 목소리를 내고 있기 때문이다. 여럿이지만 하나이기 때문이다. 여럿으로 하나이기 때문이다. 개인은 없고 무리만 있기 때문이다. 젊은이와 노인의 차이도 없고, 교육과 신분의 차이도 없기 때문이다. 이들이 어떤 위기를 느끼고 있었는지, 어떤 내적 외적 요인들의 충동을 받고 있었는지 말할 수 없다. 설령 그런 것이 있었다고 하더라도 그런 것에 관심을 보이거나 어떤 조치를 취하려는 태도는 보이지 않고 다만 외지인을 욕보이려는 비이성적인 열기로 가득차 있는 것이라면 이들이 어떤 위기를 느끼고 있었는지, 이들이 어떤 내적 외적 요인들의 충동을 받고 있었는지는 말할 필요가 없다. 이들은 자기들의 행동을 정당화할 구실을 내놓지 않고 있기 때문이다. 자기들이 무엇을 하려고 하는지는 숨기지 않으면서도, 그런 것을 숨김없이 말할 정도로 주저함이 없으면서도, 그것을 왜 하려고 하는지에 대해서는 아무 말도 하지 않기 때문이다. 당연하게 받아들이고 있어서라기보다 그런 것에 대한 인식이 없기 때문이라고 보는 편이 더 타당하다. 집단적으로, 관성에 따라, 오랫동안 되풀이된 행동들은 동기와 타당성을 질문받지 않는다. 질문되지 않은 것은 말해지지 않는다. 인간의 행동에 동력을 부여하는 것은 의식화된 신념이다. 도를 넘는 무시무시한 행동은 도를 넘는 무시무시한 의식화와 신념을 필요로 한다. 쉽게 사로잡힐 수 없는 무시무시한 신념에 사로잡힌 사람은 쉽게 할 수 없는 무시무시한 행동을 쉽게 한다. 이념과 종교는 종종 인간의 비정상적인 행동들에 동기를 제공하는 신념 체계로 작동한다. 이때 이 이념과 종교가 제공하는 신념은 일종의 알리바이이다. 그러나 그 알리바이조차 필요하지 않게 되는 순간이 있다. 그 행동에 동력을 제공하는 신념이 의식의 안쪽으로 숨었을 때에야 비로소 도를 넘는 상식 밖의 행동들은 제 모습을 보다 확실히 드러낸다. 그 신념이 표면에 달라붙어 있을 때의 행동은 의식적으로 하는 행동이어서 작위적 요소를 완전히 벗지 못한다. 외부에서 달라붙은 그것이 몸의 일부가 되어 떼어지지 않을 때, 어디서 왔고 무엇으로 이루어졌는지 구별되지 않아 자기주장을 할 필요가 없어졌을 때, 흡수의 방식으로 사라졌을 때, 완전히 흡수되어 눈에 띄지 않게 되었을 때, 없는 것처럼 되었을 때, 신념도 의식도 없이 오로지 소리치고 움직이는 몸뚱이만 있는 것처럼 되었을 때, 비정상적인 무시무시한 행동들이 아무렇지 않게, 비정상적이지 않고 무시무시하지도 않은 것처럼, 원래 그렇게 되도록 되어 있었던 것처럼 자연스럽게 일어난다. 말하자면 순수한 짐승의 차원. 그들은 그들이 무슨 일을 하는지 알 필요가 없어진 상태에서 무슨 일을 하는지 알지 못한 채 그 일을 한다. 무슨 일을 하는지 알지 못한 채 하는 행동은 의식적이지 않고 따라서 여기에는 작위적 요소가 철저하게 배제되어 있다. 그런 점에서 순수하다. 몸의 본능밖에 없는 짐승처럼 순수하다. 롯의 집에 쳐들어와서 외지인을 내놓으라고 한목소리로 소리지르는 이 남자들, 젊은이 노인 구별 없는 이 남자들의 행동에는 거리끼는 것, 부자연스러운 것, 짓눌린 것, 오염된 것이 없다. 의식 없는, 반성을 모르는 순수한 몸뚱이들이다. 순수한 욕망의 기계들이다.

2-2. 그들이 잠자리에 들기 전에 소돔성 각 마을에서 남자들이 몰려와서 집을 둘러쌌다. 그들은 롯에게 소리쳤다. "오

늘밤에 너의 집에 온 남자들이 어디 있느냐? 그들을 데리고 나오너라. 우리가 그 남자들과 재미를 좀 봐야겠다." 롯은 밖으로 나가 등뒤로 문을 잠그고 그들을 타일렀다. "여보게들, 제발 이러지들 말게. 이건 악한 짓일세. 이건 해서는 안 되는 나쁜 짓일세." 롯은 자기 집에 몰려온 사람들이 하려고 하는 행동이 악한 짓임을 알았고, 알렸다. 이것은 그들이 모르는 것이다. 그들이 의식 없는 몸뚱이, 반성을 모르는 기계들이 되어버렸기 때문에 모르는 것이다. 그래서 롯은 그들이 하려고 하는 짓이 악하다고, 그러니 하지 말라고 분명히 말했다. 그들이 하려고 하는, 그들이 모르는 나쁜 짓은 큰 무리, 무리지어 이루어진 힘센 한 집단이 개별자로 떨어져 있는 힘없는 한 존재를 위협하는 것이다. 다수의 무리로 이루어진 집단이 집단을 이루지 못한 개인이나 집단이라고 할 수 없는 소수를 향해 폭력을 휘두르는 것이다. 젊은이나 늙은이나 구별되지 않는 동일성의 한 세계가 낯설고 이질적인 외부자에게, 단지 자기들과 다르다는 이유만으로 위해를 가하는 것이다. 영역 안의 다수의 구성원들이 영역 밖에서 들어온 개인이나 소수의 외지인들을 욕보이는 것이다. 나그네들에게 성적으로 폭행을 가하겠다는 소돔성 남자들의 위협 속에서 확인할 수 있는 것은 폭력의 극한에 있는, 모든 물리적 폭력의 심중에 있으며 모든 폭력이 그 폭력을 통해 명중시키려고 하는 표적이기도 한 혐오와 모욕이다. 신체의 어느 부위에 대한 폭력보다 혐오스럽고 모멸스러운 것이 뺨에 대한 것이다. 뺨을 때리는 것보다 훨씬 큰 혐오의 표현이면서 가장 큰 모멸감을 안겨주는 것이 성기(와 유사 성기)에 가해지는 폭력이다. 이 폭력이 집단에 의해 개인에게 행해질 때 혐오와 모멸감의 수치는 배가된다. 성기를 향한 이 집단 폭력은 무의식적으로, 아무 거리낌 없이, 오로지 폭력의 내재적 효과만을 향해, 자연스럽게 이루어진다. 외부에서 들어온 이방인인 나그네를 기죽이고 주저앉히고 길들이려는 의도를 숨긴 채, 정작 숨긴 줄도 모르고 내지르는 소돔 주민들의 관습화된 폭력을 롯은 나무라고 말린다. "제발 이러지들 말게. 이건 악한 짓일세." 악한 짓은 행위자가 그 행위의 악함을 인지하든 하지 않든 악하다. 악한 짓은 그 행위를 유도하는 동기가 그럴듯하든 그럴듯하지 않든 악하다. 악한 짓은 짓의 악함이다.

2-3. 그들이 잠자리에 들기 전에 소돔성 각 마을에서 남자들이 몰려와서 집을 둘러쌌다. 그들은 롯에게 소리쳤다. "오늘밤에 너의 집에 온 남자들이 어디 있느냐? 그들을 데리고 나오너라. 우리가 그 남자들과 재미를 좀 봐야겠다." 롯은 밖

으로 나가 등뒤로 문을 잠그고 그들을 타일렀다. "여보게들, 제발 이러지들 말게. 이건 악한 짓일세. 이건 해서는 안 되는 나쁜 짓일세." 그러자 소돔의 남자들이 롯에게 비켜서라고 소리질렀다. "이놈이 자기도 나그네살이를 하는 주제에 우리에게 재판관 행세를 하려고 들어? 어디 네놈이 먼저 혼 좀 나봐라." 흥분한 소돔의 남자들은 롯에게 달려들었다. 그들은 그들이 하려고 하는 악한 짓에 대한 의식이 없었고, 롯은 그 사실을 지적했다. 롯이 의도한 것은 구별하는 것이었다. 악과 악이 아닌 것, 해도 되는 것과 하면 안 되는 것을 나누는 것이었다. 차이를 만드는 것이었다. 섬세해지는 것이었다. 잠든 그들의 윤리적 감각을 깨우는 것이었다. 윤리적 감각은 무분별, 무차별의 함몰 상태를 벗어나는 것에서 시작된다. 똑바른지 휘어졌는지, 명중했는지 빗나갔는지, 선 안에 있는지 선 밖에 있는지 묻고 따지는 것에서 비롯한다. 롯은 몰려온 소돔 사람들에게 그것을 요구했다. 무엇이 악한 짓인지 아닌지, 선 안에 있는지 밖에 있는지, 무엇을 해도 되고 무엇을 하면 안 되는지 구별해내라. 차이를 찾아내라. 어떤 점에서 이것은 재판관 행세일 수 있다. 소돔의 남자들은 그 점을 눈치채고 지적했다. 무분별과 무차별의 늪에 매몰된, 흥분한 본능 덩어리에 다름 아닌 소돔 사람들이 롯을 재판관으로 보는 것은 이상하지 않다. 그리고 재판관 행세를 하는 롯을 못 견뎌 하는 것도 이해할 만하다. 그러나 그가 하고 있는 것은 재판관 역할과는 사뭇 다르다. 재판관은 판단하고 선고하지만 롯은 알려주고 말린다. 물론 재판관이 판단과 선고를 통해 알리고 말리는 기능을 한다고 말할 수 있지만, 그러나 이때의 알림 기능은 사후적이고, 말림도 앞으로 일어날 유사한 다른 행위에 대해서만 효과를 기대할 수 있기 때문에 간접적이다. 재판관은 멀리서, 위에서 내려다보고 하달한다. 롯은 가까이에서, 옆에서 올려다보고 호소한다. 하달은 내려오고 호소는 올라간다. 하달의 언어는 수신자의 처지를 고려하지 않는다는 점에서 무차별적이고 수신의 환경을 고려하지 않는다는 점에서 무자비하고 수신이 일률적이어야 한다는 점에서 획일적이다. 롯은 여보게들, 하고 부르고, 제발, 하고 호소한다. 롯은 판단하고 선고하고 하달하는 언어를 쓰지 않는다. 그는 옆에서 알려주고 가까이에서 하지 말라고 말린다. 이렇게 말하는 사람은 재판관이 아니다. 그는 재판관이 아니라 교사, 교사가 아니라 친구에 가깝다. 아니, 그는, 결국 소돔 사람들의 입을 통해 말해진 대로, 지금 집단 폭력의 위험 앞에 노출되어 있는, 무력한 소수, 외지에서 온 나그네에 가깝다. 그는 재판관이 아니라 그 나그네들의 편에 서서 말하고 있다. 그는 자기가 밖에서 데리고 들어온 그 나그네들과 자기를 동일시하고 있다. "이놈이 자기도 나그네살이를 하는 주제에 우리에게 재판관 행세를 하려고 들어? 어디 네놈이 먼저 혼 좀 나봐라." 분별력과 판단력을 상실한 이 흥분한 군중들은 롯의 재판관 행세를 견딜 수 없어 한다. 그들은 롯이 재판관도 아니면서 재판관 행세를 한다고 생각한다. 롯이 실제로 재판관이었거나 재판관 역할을 하며 살았다면 '재판관 행세' 한다는 식의 표현은 쓰지 않았을 것이다. 롯이 훌륭한 인품으로 그 도시 사람들로부터 존경을 받았을 것이라든지, 성문에 앉아 사람들의 시시비비를 가려주는 역할을 했을 것이라는 가설은 당착적이다. 롯의 인품을 알아보고 그에게 시비를 가리는 역할을 맡기려면 악하지 않아야 한다. 인품을 알아볼 정도로는 악하지 않아야 한다. 최소한 젊은이 노인 할 것 없이 전적으로 악하지는 않아야 한다. 그런데 그들이 전적으로 악하지 않다면 롯이 하지 말라고 말리려고 하는 전적으로 악한 짓은 할 수 없다. 악한 짓을 막으려는 롯에게 달려들어 네놈부터 혼을 내겠다고 할 수 없다. 그들에게 누군가의 인품을 알아보고 존경을 표하고 재판을 맡길 만큼의 안목이나 감각이 있다고 가정하기 어렵다. 무엇보다 그들은 재판관을 인정하지 않는다. 재판관을 인정한다는 것은 행위 판단의 기준을 외부에, 자기 밖에 둔다는 뜻이다. 군중의 성격을 띤 집단은 행위 판단의 기준을 내부에, 자기 안에 가지고 있으므로, 혹시 내부의 재판관이라면 몰라도, 자기 밖의 재판관을 절대로 인정할 수 없다. 그들은, 자기 내부의 어떤 필요나 요인에 의하지 않는 한 누구에게도, 무엇으로부터도 제한받지 않는다. 그들을 막을 수 있는 것은 그들 말고는 없다. 그들은 외부의 개입과 선동 없이 자발적으로 모이고 자발적으로 움직이고 자발적으로 소리친다(고 간주된다). 이 자발성은 무차별성에서 나온다. 그들은 무리를 이루고 있는 개별자인 자기를 다른 개별자인 타인과 구별하지 않는다. 자기가 남과 다르지 않고 남이 자기와 동일하므로 개입과 선동은 들어올 자리가 없다. 오직 스스로 개입하거나 스스로를 선동할 수 있을 뿐이다. 그러므로 외부의 판단과 가르침을 불필요한 것으로 느낀다. 자기들의 행위의 옳고 그름을 구별하고 알려줄 자기 밖의 권위를 인정하지 않는다. 그들이 (재판관 행세가 아니라) 호소하고 간청하는 롯을 향해 과도하게 화를 내는 것은 그래서이다. "우리에게 재판관 행세를 하려고 들어? 어디 네놈이 먼저 혼 좀 나봐라." 그들이 화를 내는 것은 롯이 그들이 하는, 하려고 하는 일을 막기 때문이 아니라 그가 재판관 행세를 하기 때문이다. 그가 그들에게 그들이 하는 일이 악한 짓이라고 구별해서 판단하고 규정하기 때문이다.

2-4. 그들이 잠자리에 들기 전에 소돔성 각 마을에서 남자들이 몰려와서 집을 둘러쌌다. 그들은 롯에게 소리쳤다. "오늘밤에 너의 집에 온 남자들이 어디 있느냐? 그들을 데리고 나오너라. 우리가 그 남자들과 재미를 좀 봐야겠다." 롯은 밖으로 나가 등뒤로 문을 잠그고 그들을 타일렀다. "여보게들, 제발 이러지들 말게. 이건 악한 짓일세. 이건 해서는 안 되는 나쁜 짓일세." 그러자 소돔의 남자들이 롯에게 비켜서라고 소리질렀다. "이놈이 자기도 나그네살이를 하는 주제에 우리에게 재판관 행세를 하려고 들어? 어디 네놈이 먼저 혼 좀 나봐라." 소돔의 남자들을 더 화나게 한 것은 롯이 '자기도 나그네살이를 하는 주제에' 재판관 노릇을 하려 했기 때문이다. 그들은 그들 밖의 누군가에게서 판단받는 것을 싫어하지만, 그 누군가가 자기들에게 빌붙어 살고 있는, 그들이 욕보이려는 집안의 두 나그네와 크게 다르지 않은 롯이기 때문에 더 못 견뎌한다. 그들은 흥분한다. 누구도 그들에게 재판관이 될 수 없지만, 자기들의 땅에서 나그네살이를 하고 있는 롯은 더욱 될 수 없다. 누구도 그들을 재판할 수 없지만 집안의 나그네들과 다르지 않은 롯은 더욱 그럴 수 없다. 그들과

함께하지 않는 사람은 모두 그들에게 속하지 않지만 나그네와 마찬가지인 롯이야말로 더욱 그들에게 속하지 않기 때문이다. '자기도 나그네살이를 하는 주제에'라고 비난받은 롯은 그 땅에서 이십 년 이상 살고 있었다. 그런데 나그네살이라니? 롯을 향한 이 비난은 어찌된 것인가. 롯은 삼촌을 따라 가나안 땅으로 스며든 후 여기저기 떠돌다가 베델 근처에서 살았는데, 삼촌은 물론 그도 재산이 많아져서 부득이 헤어져야 하는 상황이 생겼다. 한정된 땅에서 양떼와 소떼를 치다 보니 양쪽의 목동들이 자주 다툴 정도로 두 사람이 거느리고 있는 짐승들이 많았다. 어느 날 삼촌이 말했다. "너와 나 사이에, 그리고 너의 목자들과 나의 목자들 사이에 어떤 다툼도 있어서는 안 된다. 여기는 다른 민족들의 땅이고, 우리는 한 핏줄이 아니냐." 삼촌은 롯이 혼자 독립해 살 만큼 성장했음을 인정했다. 그는 롯에게 선택권을 주었다. "네 앞에 땅이 얼마든지 있으니 이제 따로 떨어져 살자. 네가 먼저 선택해라. 네가 왼쪽으로 가면 나는 오른쪽으로 가고, 네가 오른쪽으로 가면 나는 왼쪽으로 가겠다." 롯은 사방을 살펴보았다. 동편의 비옥한 들판과 평지의 성읍들이 그의 눈을 사로잡았다. 가뭄을 피해 잠깐 머물렀던 이집트의 화려한 도시와 같은 성읍들이 그를 유혹했다. 롯은 망설이지 않았다. 그는 곧바로 자기 양떼와 소떼와 목동들을 데리고 삼촌을 떠났고, 평지의 여러 성읍들을 돌아다니다가 가장 화려한 도시인 소돔에 와서 정착했다. 그곳이 이집트의 도시처럼 황홀했기 때문이었다. 이집트는 그만큼 유혹적인 곳이었다. 그 도시의 화려함과 풍요로움과 자유로움은 젊은 롯을 홀렸다. 그렇지 않아도 삼촌과 함께 짐승들이 먹을 풀을 찾아 황량한 산악지대를 떠돌아다니는 생활에 싫증이 나던 참이었다. 롯은 도시 사람이 되는 쪽을 선택했고, 그렇게 도시 사람으로 산 지 이십 년이 넘었다. 그의 딸들은 장성해서 약혼자가 생겼다. 결코 짧은 세월이 아니었다. 그런데도 그는 그 땅의 구성원으로 인정받지 못하고 있었다. 그가 그 도시에 스며들지 않은 것이 아니라 그 도시 사람들이 그를 스며들지 못하게 했다. 그가 그 도시 사람들을 거부한 것이 아니라 도시 사람들이 그를 받아들이지 않았다. 아무 일 없을 때는 영역 안의 일원처럼 대했지만 무슨 일이 있을 때는 영역 밖의 외부인으로 간주했다. 그의 삼촌도 마찬가지였지만, 그는 이십 년 이상 살고 있는 그 도시에서 한 평의 땅도 소유하지 못했다. 삼촌 역시 죽은 부인을 매장할 땅조차 가지고 있지 않았다. 땅의 소유는 정착의 상징성을 갖는다. 땅을 소유하지 못한 자는 그곳에 오래 살았어도 정착한 것이 아니다. 삼촌도 그랬거니와 롯도 큰 부자였다. 땅을 살 경제력이 없었던 것은 아니다. 그가 사지 못한 이유는 경제력이 아니라 자격이 없어서였다. 그가 땅을 갖도록 그 땅의 사람들이 허용하지 않았기 때문이다. 그것을 허용하지 않은 것은 그를 계속해서 나그네로 놓아두기 위해서였다. 소돔의 주민들은 롯이 정착민이 되지 못하게 하기 위해 땅의 소유를 허락하지 않았다. 나그네로 사는 것은 길 위에서 사는 것과 같다. 그런데 길은 머물러 사는 곳이 아니고 (어딘가로) 가는 곳이다. 고정된 장소가 아니고 유동하는 흐름이다. 누구에게도 소유되지 않는 트인 공간이다. 길 위의 사람은 어딘가로 가는 중에 있는 사람이다. 길 위에서 사는 것은 어딘가로 가는 중의 상태를 유지하며 사는 것이다. 도착은 한없이 연기되고 머묾은 영원히 유보된다. 어딘가로 가는 중의 상태를 유지한 채 사는 것만 허용된다. 이십몇 년 동안 소돔에서의 롯의 삶이라는 것이 그러했다. 롯은 그 도시에 매혹되어 이십 년 넘게 그곳에 살았지만 아직 그곳에 도착하지 못했다. 그것이 그 도시 사람들이 그를 향해 '나그네살이를 하는 주제에'라고 비난한 이유이다.

3-1. 그들은 롯을 밀치고 대문을 부수려고 한다. 당황한 롯은 흥분한 군중을 향해 제안한다. "이것 보게. 나에게 남자

를 알지 못하는 딸이 둘 있네. 그 아이들을 자네들에게 줄 터이니 자네들 좋을 대로 하게. 그러나 이 남자들은 나의 집에 보호받으려고 온 손님이니까 그들에게는 아무 일도 저지르지 말게." 롯의 이 제안은 이상하다. 롯은 자기 집에 있는 나그네들을 자기 집에 보호받으려고 온 손님이라고 말한다. 엄밀하게 말하면 롯의 이 말은 사실이 아니다. 그들은 보호받으려고 그의 집에 들어온 것이 아니다. 오히려 그들은 들어오려고 하지 않았다. "아닙니다. 우리는 그냥 길에서 하룻밤을 묵을 생각입니다." 그들은 보호받으려 하지 않았다. 들어오려고 하지 않는 그들을 간청해서 집으로 데리고 온 사람은 롯이다. '보호받으려고 온 손님들'이 아니라 '보호하려고 데리고 온' 손님들이다. 그들은 원하지 않았지만, 롯은 그들이 길에서 머물면 보호받지 못할 것을 염려했기 때문에 집으로 데리고 왔다. 그들이 보호받으려고 하지 않은 것은 길에서 머물면 보호받지 못한다는 것을 모르기 때문이라고 생각했기 때문에 집으로 데리고 왔다. '이 남자들은 나의 집에 보호받으려고 온 손님'이라는 문장을 통해 롯은 집이 안전하고 보호받는 곳이라는, 그런 곳이어야 한다는 믿음을 전한다. 집의 안전을 위협하는(지금 무리들이 하고 있는 것과 같은) 일의 부당함을 피력한다. 그는 그의 집이 안전하지 않다는 사실을 간과했다. 그는 그들을 길의 위험에서 보호하려고 했으나, 그래서 강권/간청해서 데리고 왔으나 자기 집 역시 안전하지 않다는 사실을 염두에 두지 못했다. 자기 집 역시 길이나 마찬가지라는 것을, 그 역시 이십 년이 넘도록 길 위에 임시로 머물러 있는 것과 같은 상태로 거주중이라는 것을 미처 자각하지 못했다. 그렇지만 그는 그들을 데려왔으므로 그들을 책임져야 했다. 누군가를 보호하려고 데리고 들어온 사람은 자기가 데리고 들어온 사람을 보호해야 하는 의무를 스스로에게 부여한다. 보호하기 위해 데리고 들어온 사람은 보호받아야 하는 사람이 된다. 그 사람이 보호받아야 하는 것은 그가 훌륭한 일을 했거나, 할 예정이거나, 고귀한 신분이거나, 가치 있는 인물이어서가 아니라 단지 보호하려고 데려온 사람, 보호받지 않으면 안 되는 사람이기 때문이다. 보호받아야 하는 사람의 됨됨이에 대한 질문은 생성되지 않는다. 그는 조건과 이유 없이 보호받아야 한다. 유일한 조건과 이유는 그가 보호받지 않으면 안 될 처지에 있다는 것이다. 그가 나그네고 손님이라는 것이다. 그가 조건과 이유 없이 보호받아야 한다는 이 명제는 그를 조건과 이유 없이 보호해야 한다는 일종의 정언적 명령으로 의역된다. "그들에게는 아무 일도 저지르지 말게." 롯은 다급하게 말한다. 아무 일도 하지 않게 하는 것이 그가 그들을 보호하는 길이다. 그리고 롯은, 문제의 발언, 자기 두 딸, 남자를 가까이한 적 없는 두 딸을 내줄 테니 마음대로 하라고 말한다. 딸들에게는 마음대로 하라고 하고 손님들에게는 아무 일도 하지 말라고 말한다. 아무 일도 하지 못하게 하는 것이 보호하는 것이라면, 마음대로 하게 하는 것은 보호를 포기하는 것이다. 롯은 손님들은 보호하고 딸들은 보호하지 않는 듯한 태도를 보인다. 아니, 손님들을 보호하기 위해 딸들의 보호를 내팽개친다. 보호 상태에 있던 딸들을 비보호 상태로 바꾼다. 가장이자 아버지인 그의 이런 태도를 이해하는 것은 쉽지 않다. 그는 손님들을 보호하라는 명령을 받고 있다. 이 명령은 무조건적이고 절대적이어서 다른 모든 것을 조건화하고 상대화한다. 이 명령의 이행을 위해서는 포기되지 않을 수 없는 것이 없다. 딸들이라고 제외되지 않는다. 그런 점에서 손님은 신과 같다.

3-2. 그들은 롯을 밀치고 대문을 부수려고 한다. 당황한 롯은 흥분한 군중을 향해 제안한다. "이것 보게. 나에게 남자를 알지 못하는 두 딸이 있네. 그 아이들을 자네들에게 줄 터이니 자네들 좋을 대로 하게. 그러나 이 남자들은 나의 집에 보호받으려고 온 손님들이니까 그들에게는 아무 일도 저

지르지 말게." 오늘밤 너의 집에 온 남자들을 내놓으라고 흥분해서 소리지르는 무리들을 향해 롯은 이해하기 힘든 제안을 했다. 두 명의 나그네 대신 두 명의 자기 딸을 광기에 사로잡힌, 무슨 일을 저지를지 예측할 수 없는, 폭도나 다름없는 남자들에게 내놓겠다고 했다. 하고 싶은 대로 하라고 했다. 가장의 이 제안은 너무 충격적이고 패륜적이지만(더구나 그 딸들에게는 약혼자가 있었다. 이 사실은 롯에게 손님 보호의 명령이 얼마나 준엄한 것인지 깨닫게 하면서 동시에 그에게 다른 의중이 있지 않은지 생각하게 한다), 집 앞에 몰려온 무리들이 솔깃해할 만한 것임이 틀림없다. 적어도 이 흥분한 무리들이 정말로 원하는 것이 난잡한 성적 쾌락이라면 그렇다. 그러나 뜻밖에도 이 남자들은 그의 제안을 받아들이지 않는다. 무차별적이고 무분별한 이들의 극도의 흥분 상태를 감안하면 이상하다는 생각이 들 정도로 분별 있는 처신이다. 마음대로 하라고 내주겠다는 롯의 딸들에게 아무 관심도 보이지 않는 이들은 자기 딸을 보호하지 않겠다는 롯만큼, 아니 그보다 더 이상하다. 너의 딸들에는 관심 없어. 우리가 원하는 것은 오늘밤 우리 도시에 들어온, 너의 집안에 숨어 있는 나그네들이야. 너의 딸들이 아니라 그들을 내놓아. 그들은 행동으로 이렇게 말하고 있지 않은가. 남자를 가까이

한 적 없는, 장성한 처녀들을 거부하는 그들의 태도는 그들의 진짜 관심이 성적인 것이 아님을 시사한다. 성행위나 성폭력은 수단일 뿐 목표가 아님을 시사한다. 그들은 나그네들을 내놓으라고 말하면서 그들과 성행위를 하겠다고 위협했다. 그러나 이들이 하려고 한 것은 외지인에 대한 (성행위를 통한, 그것도 집단적으로, 강제적으로, 동성을 향해 자행하는) 모욕과 처벌이지 성행위 자체는 아니었던 게 분명하다. 그들이 모욕하고 처벌하려고 한 대상은 오늘밤 이 도시에 들어온 낯선 이들이지 줄곧 이 도시에 살고 있는 익숙한 이들이 아니었다. 익숙한 이들은 모욕할 수 없다. 익숙한 이들은 모욕당하지 않기 때문이다. 롯이 모든 것을 주고라도 보호하려고 한 손님들이 그들에게는 모든 것을 제쳐두고라도 욕보여야 할 외부인들이었다. 이 현상에 대해 소돔의 남자들이 여자들과의 성적 결합에는 도무지 관심이 없고 남자들과의 관계에서만 쾌락을 느끼는 풍조가 일반적이었기 때문이라고 해석하는 것은 롯의 딸들이 낯선 이들이 아니고 익숙한 이들이었기 때문이라고 해석하는 것보다 부자연스럽다. 인류는 동성 간의 성행위가 더 보편적이고 더 일반적인 사회를 가져본 적이 없다. 만연해 있었다고 해도 더 보편적이고 더 일반적이지는 않았을 것이다. 이 무리들이 정말로 원한 것이 외지인들에 대한 모욕과 처벌이라고 한다면, 이 장면을 근거로 그곳에 그런 풍조가 만연해 있었다고 단정하는 것도 신중하지 않은 일일 수 있다. 그들이 행한, 멸망에 이를 정도의 악한 짓이 동성 간의 성행위였다고 규정해버리는 것도 마찬가지다. 집밖의, '젊은이나 노인이나 할 것 없는' 소돔의 남자들이 이의 없이 동의한 집요한 요구는 동성 간의 성행위가 아니고 '오늘밤 이 도시에 온' 나그네들을 자기들 앞에 끌어내라는 것이다. 이 생각은 누가 보아도 분별력을 잃은 것이 분명한 이 흥분한 무리들에게 자기 딸들을 내놓겠다고 하는 롯의 자연스럽지 않은 제안에 의해 지원된다. 이 생각은 그런 제안을 하는 롯에 의해 지원되면서 동시에 그런 제안을 하는 롯을 지원한다. 롯은 그 흥분한 무리들이 그의 집안에 있는 낯선 남자들과 집단적으로 성행위를 하겠다고 주장하는 것이 아니라 그의 손님인, 외지에서 온 나그네들을 모욕하고, 모욕하여 길들이겠다고 주장하는 것임을 알았다. 비상식적이고 제어하기 힘든 성적 욕망에 사로잡혀 있는 것이 아니라 비이성적이고 무비판적인 외지인 혐오에 붙들려 있다는 것을 파악했다. 그의 딸들은 '오늘밤 이 도시에 들어온' 외지인들이 아니므로 안전할 것을 아마 확신했다고 할 수 있다. 남자들이 딸들을 범하지 않으리라는 믿음이 그런 제안을 하게 했다고 할 수 있다. 그럼에도 불구하고 자기가 보호해야 할 딸들을 흥분한 무리에게 내놓겠다는 그의 제안이 무모하지 않다고 할 수는 없는데, 그는 그가 내놓을 수 있는 것 가운데 최고인 딸을 제시함으로써 그의 손님 보호 의지가 얼마나 크고 양보할 수 없는 것인지를 전달하려 했다고 추측할 수 있다. 그럼으로써 그는, 어떤 경우에도 손님은 반드시 보호되어야 한다는 사실을 집 앞의 성난 무리들이 깨닫기를 바랐을 것이다. 자기 딸들을 마음대로 하라고까지 하는 그의 뜻을 이해하고 어쩌면 그들이 난동을 멈출지 모른다고 기대했을 것이다. 그런 기대를 갖는 것이 어리석어 보일지라도 그렇게 하는 것 말고 다른 방법이 없다고 생각했을 것이다. 그렇게라도 하지 않으면 안 된다고 판단했을 것이다. 기대하면서도 내심으로는 기대대로 되지 않으리라고 예상했을 것이다. 그렇게 예상하면서도 기대를 내버릴 수는 없었을 것이다.

3-3. 그들은 롯을 밀치고 대문을 부수려고 한다. 당황한 롯은 흥분한 군중을 향해 제안한다. "이것 보게. 나에게 남자를 알지 못하는 두 딸이 있네. 그 아이들을 자네들에게 줄 터이니 자네들 좋을 대로 하게. 그러나 이 남자들은 나의 집에 보호받으려고 온 손님이니까 그들에게는 아무 일도 저지

르지 말게." 흥분한 소돔의 남자들은 더욱 크게 소리지른다. "아니, 오늘밤 너의 집에 온 남자들을 내놓아라. 그러지 않으면 가만두지 않겠다." 기대는 빗나갔고 예상은 들어맞았다. 그들은 대문을 부수려고 함으로써 그들의 관심이 오로지 집안에 있는 외지인들에게만 있음을 일관되게 표현했다. 그들의 요구를 거절하는 롯에게 달려들면서 그들이 한 말은 '너부터 혼을 내겠다'였지, '그들 대신 네가 혼나봐라'가 아니었다. 폭력의 대상은 대체되지 않고 추가된다. 그들은 롯에게만 달려든 것이 아니라 동시에 대문을 부수려고 했다. 대문안에 그들이 욕보이려는 나그네들이 있기 때문이다. 롯을 향한 폭력과 문안의 나그네들을 향한 폭력은 구별되지 않는다. 일촉즉발의 순간, 롯이 그들 손에 붙잡혀 화를 당하기 직전에 안에 있던 두 사람이 손을 내밀어 그를 안으로 잡아끈 다음 문을 닫아걸었다. 그러고는 대문 밖에 몰려들어 난동을 부리는 무리의 눈을, 젊은이 노인 할 것 없이 멀게 해서 서로를 치게 했다. 갑자기 눈이 어두워져 앞을 볼 수 없게 된 무리는 대문을 찾을 수 없었다. 볼 수 있을 때는 바로 앞에 있던 대문이 볼 수 없게 되자 어디 있는지 모르게 되었다. 대문은 멀어지고 급기야 사라졌다. 사라졌으므로 그들은 대문을 찾을 수 없었다. 그들은 서로를 때리며 엉겨붙어 난장판을 벌였다. 누가 때리는지 모르기 때문에 누구든 때렸다. 대문이 부서질 때 그들이 대문 안의 나그네들에게 하려고 했던 일을 대문 밖에서 그들은 서로에게 행했다. 대문은 사라졌지만, 사라져서 찾을 수 없게 되었을 뿐이지만, 아마 그들은 대문이 부서졌다고 여겼을 것이다. 그러니 이제 대문이 부서지면 하려고 했던 일을 하는 것이 순서라고 생각했을 것이다. 아니, 그런 생각조차 하지 않았을 것이다. 대문이 부서졌는지 부서지지 않았는지도 신경쓰지 않았을 것이다. 부서진 다음의 상황이 전개되고 있으므로 이제 대문을 부수는 문제는 관심에서 사라졌을 것이다. 그저 새로운 난장판 속에 빨려들어가 난장판의 일부를 이루는 데에만 몰두했을 것이다. 대문 밖의 남자들을 하나로 묶어놓고 있던 폭력에 대한 기대는 그런 식으로 이루어졌다. 그들은 서로를 향해 폭력을 씀으로써 흥분을 폭발시키고, 서로에게 나그네, 낯선 사람이 되었다. 눈이 멀자 익숙하던 사람이 낯선 사람이 되었다. 눈이 멀 때 모든 사람은 낯선 사람, 함부로 해도 되는 사람이 된다. 낯섦을 정하는 것은 대상의 조건이 아니라 주체의 맹목이다. 이는 나와 다른 사람, 나그네, 외지인에 대한 차별과 적대감이 눈먼 행위임을 깨닫게 한다. 대문 밖은 삽시간에 아수라장이 되었다.

4-1. 그 두 사람이 그제야 롯에게 자기들의 정체를 밝혔다. "우리는 이곳을 멸하려고 왔습니다. 이 성안에 있는 사람들을 규탄하는 울부짖음이 너무 커서 주께서 이 성을 멸하시려고 우리를 보냈습니다. 그대의 식구가 여기에 더 있습니까? 사위나 아들이나 딸들이나 그대에게 딸린 가족들이 이 성안에 더 있습니까? 그들을 다 성밖으로 데리고 나가십시오." 천사는 이 성안에 사는 사람들을 규탄하는 울부짖음이 너무 크다고 말한다. 울부짖는 사람은 누구일까? 성안에 있는 사람들에게서 해코지를 당했거나 당하기로 예정되어 있는 사람들일 것이다. 롯의 집에 들어온 이 나그네들이 당한 것과 같거나 유사한 일을 겪은 사람들일 것이다. 하지 않은 일로 처벌당하고 어떻게 해볼 수 없는 일로 차별당한 사람들, 억울한 사람들, 그들의 울부짖음이 하늘에 사무쳤을 것이다. 그가 살고 있는 도시의 멸망을 예고하는 천사의 말을 듣고도 놀라지 않는 롯이 놀랍다. 그는 이 악한 짓을 하는 사람들, 울부짖음을 만들어내는 사람들이 사는 성이 망하는 것이 조금도 이상하지 않다고 생각했음이 틀림없다. 그렇기 때문에, 이 소식을 접한 그의 삼촌이 항의하고 호소했던 것과는 달리 (그의 삼촌은 의인과 악인을 동일하게 취급해서 같

이 죽게 하는 것은 공정하지 않다고 이의를 제기하고, 그 성안에 의인이 있으면 어떻게 할 거냐고 물어 결국 의인이 열 명만 있으면 멸망시키지 않겠다는 신의 답을 받아낸다) 롯은 항의도 하지 않고 호소도 하지 않는다. 롯은 그의 삼촌과는 달리 그 성안에 살고 있고, 그 성이 어떤 곳인지 잘 알고 있다. 그래서 그는 항의도 호소도 하지 못한다. 의인은 없기 때문이다. 선하거나 악한 성은 있을 수 없다. 선하거나 악한 사람들이 사는 성이 있을 뿐이다. 선하거나 악한 사람이 따로 정해져 있는 것이 아니다. 선한 일을 하거나 악한 짓을 하는 사람이 있을 뿐이다. 그러니까 어떤 성이 악하다고 평가되는 것은 그곳에 악한 짓을 하는 사람들이 산다는 뜻이다. 그런데 무엇이 악한 짓일까? 악한 짓을 규정하는 것은 이들을 규탄하는 울부짖음이다. 소돔을 멸하려고 온 천사들은 이 성 사람들이 행한 악한 짓의 구체적인 목록을 열거하지 않는다. 이런 짓을 했거나 저런 규범을 어겼기 때문에 멸망당할 거라고 설명하는 대신 '성안에 사는 사람들을 규탄하는 울부짖음'이 너무 크다고만 말한다. 무슨 짓을 하거나 어떤 규범을 범하는 것이 아니라 사람을 울부짖게 하는 것이 악이다. 울부짖는 자는 울부짖는 것 말고는 다른 대응 수단이 없기 때문에 울부짖는다. 울부짖는 것 말고 다른 대응 수단을 갖고 있는 자는 그 수단으로 대응할 것이다. 울부짖는 자는 사회적 제도적 보호로부터도 제외된 자들이다. 천사는 직접 거명하지 않지만, 가령 가난한 자들, 병든 자들, 과부들, 고아들, 보호자가 없는 자들, 떠돌이들, 아무데도 소속되지 않는 자들, 소외된 자들, 외지인들을 떠올릴 수 있다. 이들의 울부짖음은 고발이고 증언이다. 울부짖음이 신의 법정에서 이루어지는 유죄판결에 영향을 미치는 가장 확실한, 어쩌면 유일한 증거이다. 신은 '규탄하는 울부짖음'만을 유죄 증거로 인정하고 판결한다는 것이 천사가 롯에게 한 말의 내용이다. 롯은 이 성을 위해 울부짖지 못한다.

4-2. 그 두 사람이 그제야 롯에게 자기들의 정체를 밝혔다. "우리는 이곳을 멸하려고 왔습니다. 이 성안에 있는 사람들을 규탄하는 울부짖음이 너무 커서 주께서 이 성을 멸하시려고 우리를 보냈습니다. 그대의 식구가 여기에 더 있습니까? 사위나 아들이나 딸들이나 그대에게 딸린 가족들이 이 성안에 더 있습니까? 그들을 다 성밖으로 데리고 나가십시오." 이 말을 들은 롯은 자기 딸들과 약혼한 사윗감들에게 가서 곧 멸망할 이 도시를 빠져나가야 한다고 일렀다. 그러나 그의 사위가 될 두 청년은 농담으로 받아들였다. 이 사윗감

들은 소돔의 남자들이다. 어쩌면 그들은 롯의 집 문 앞에 몰려들어 롯이 보호하고 있는 나그네들을 내놓으라고 소리를 지르며 소란을 피웠던 무리 속에 있었는지 모른다. 거기 없었다고 하더라도 거기 있는 이들과 구별되는 인간이었을 거라고 추측할 만한 단서는 없다. 거기 없었어도 거기 있는 이들과 뜻을 같이한다면 거기 있는 것이나 마찬가지다. 장인이 될 어른이 한 이 심각한 말을 농담으로 들었다는 것은 그들이 소돔성의 심각성을 도무지 느끼지 못하고 있었다는 의미이다. 천사로부터 그 도시의 멸망을 예고받은 롯이 놀라지 않은 것과 이들의 태도는 대조적이다. 롯은 그 도시가 멸망당할 만하다는 것, 그처럼 악하다는 것을 인정하지만 그들은 그렇지 않다. 이 심각한 경고의 말이 그들에게는 농담으로 들린다. 위기의식이 전혀 없었다는 의미이다. 도시와 도시에 만연한 풍조와 도시가 주는 쾌락으로부터 자기를 분리해서 사유하지 않는 사람에게 도시는 어떤 위기도 두려움도 제공하지 않는다. 악취 속에서 악취를 뿜고 마시며 사는 사람은 악취에 대한 감각을 잃어버린다. 그가 마시는 악취가 그가 내뱉는 악취이기도 하기 때문에, 이 냄새는 분리되지 않는다. 분리가 없으므로 위기도 없다. 위기의식이 없는 사람에게 진지한 이야기는 농담이 된다. 가장 진지한 이야기는 가장 어처구니없는 농담이 된다. 노아의 시대에 사람들이 그랬던 것처럼 소돔의 이 젊은이들도 그들이 살고 있는 도시와 시대의 기류에 흡수되어 있다. 흡수되어 있는 자에게 모든 위기는 농담이다.

5-1. 천사들은 롯을 재촉하고 롯은 꾸물거린다. "서두르시오. 부인과 두 딸을 데리고 여기를 떠나시오. 꾸물거리고 있다가는 저들과 함께 죽고 말 것이오." 그런데도 롯이 꾸물거리자 천사들은 롯과 그의 아내와 두 딸의 손을 잡아끌어서 성 바깥으로 대피시켰다. 그 가운데 한 천사가 롯의 가족에게 말했다. "뒤를 돌아보거나 들에 머무르거나 하지 말고 저 산으로 도피하시오. 그렇게 하지 않으면 죽고 말 것이오." 죽지 않으려면 서둘러 성밖으로 나가라고 다그치는 천사들의 성화에도 꾸물거리기만 하는 롯의 태도를 어떻게 이해해야 할까. 그는 왜 그러는가. 거듭되는 재촉에도 불구하고 롯이 꾸물거리자 급기야 마음이 급해진 천사들이 롯과 그의 아내와 두 딸의 손을 직접 잡아끌어서 성 바깥으로 대피시킨다. 롯은 왜 꾸물거리는가. 그는 무엇 때문에 망설이는가. 그가 살고 있는 도시가 멸망할 거라는 말을 들었을 때 그는 그렇게 된다 해도 슬퍼하지 않을 만큼 그 도시가 타락했다고 생

각했으므로 놀라지 않았지만, 그럼에도 불구하고 그곳은 그가 수십 년 동안 살아온 땅이었다. 비록 성안의 주민들로부터 제대로 된 거주자 취급을 받지 못하고 차별당한 일이 많았지만, 그래도 삼촌과 함께 고향을 떠나 여기저기 떠돌아다니던 그가 스스로 결정하고 정착한 곳이었다. 따르던 삼촌을 기꺼이 떠나게 한 황홀한 땅이었다. 젊은 그의 혼을 빼놓았던 이집트의 도시를 연상시키는 소돔을 그는 스스로 선택했고 그 도시가 주는 풍요로움과 화려함과 자유로움을 즐겼다. 악덕과 문란함과 차별은 그 도시의 풍요로움과 화려함과 자유로움의 뒤편에 있는 그늘이었다. 그늘에도 불구하고 도시가 내뿜는 매혹은 사라지지 않았다. 어떤 경우에는 그 그늘까지도 매혹의 요소에 더해졌다. 그것이 그가 소돔을 떠나지 않은 이유였다. 그는 대부분의 도시인들과는 달리 소돔의 풍요로움과 화려함과 자유로움의 뒤에 있는 악덕과 문란함과 차별을 구별해낼 줄 알았지만, 그러나 그 역시 그 공기 속에서 살고 있는 사람이었다. 그가 들이마시는 공기는 그의 일부가 되었다. 도시는 그를 완전히 받아들이지 않았지만 그는 도시가 제공하는 것들을 받아들였다. 그는 도시인이었다. 그는 도시에 사는 모든 사람이 무조건 나쁘다고 생각하지 않았으며 도시가 무조건 사람을 나쁘게 만든다고 생각하지도 않았다. 그는 소돔을 싫어했고 또 사랑했다. 보다 정확히 말하자면, 그는 소돔 사람들을 싫어했고 소돔 도시를 사랑했다. 그는 소돔 사람들(의 악덕과 문란함과 차별)의 멸망에 대해서는 놀라지도 않고 아쉬워하지도 않았지만, 소돔 도시(의 풍요로움과 화려함과 자유로움)가 사라진다는 것에 대해서는 놀라고 아쉬워했다. 그 도시가 곧 사라진다는 사실을 받아들이는 게 힘들었다. 머리는 이해했지만 몸은 동의하지 않았다. 그래서 그는 그곳을 쉽게 떠나지 못했다. 곧 없어질 도시를 조금이라도 더 보고 더 갖고 싶었다. 그 도시를 떠나지 않는 것이 그가 그 도시를 유지시키는 방법이었다. 그는 꾸물거리면서 곧 사라질 도시에서의 시간을 자꾸만 연장했다. 그리고 그것이 그가, 산으로 도망가야 한다는 천사들에게 산이 아니라 가까이 보이는 작은 성으로 피신하게 해달라고 청하게 되는 이유이기도 하다. 그는 도시가 주는 즐거움에 길든 자이다. 도시인이다.

5-2. 천사들은 롯을 재촉하고 롯은 꾸물거린다. "서두르시오. 부인과 두 딸을 데리고 여기를 떠나시오. 꾸물거리고 있다가는 저들과 함께 죽고 말 것이오." 그런데도 롯이 꾸물거리자 둘은 롯과 그의 아내와 두 딸의 손을 잡아끌어서 성

바깥으로 대피시켰다. 그 가운데 한 천사가 롯의 가족에게 말했다. "뒤를 돌아보거나 들에 머무르거나 하지 말고 저 산으로 도피하시오. 그렇게 하지 않으면 죽고 말 것이오." 그는 말한다. "다른 길을 말해주십시오. 내가 저 산까지 가다가는 이 재난을 피하지 못하고 죽게 될까 두렵습니다. 보십시오. 저기 작은 성이 하나 있습니다. 저 성이면 피할 만합니다. 아주 작은 성이 아닙니까? 거기로 가면 제가 안전할 것입니다." 천사는 산으로 가라고 하고, 꾸물거리던 롯은 멀지 않은 곳 평지에 있는 다른 성으로 가게 해달라고 부탁한다. 천사는 산으로 도망가지 않으면 죽을 거라고 하는데 롯은 자기가 그 산으로 가다가는 죽을 거라고 한다. 천사는 산에 가야 살 거라고 하는데 그는 산에 가면 죽을 거라고 한다. 산이 롯에게 두려움의 대상이었을 것으로 추정할 필요는 없다. 그는 삼촌과 떠돌아다니는 동안 산악 지대를 경험했다. 그 경험이 그에게, 두려움이 아니라, 산에서 사는 삶의 무미건조함을 상기시켰을 것이다. 천사의 말대로 산으로 가면 죽지 않고 살 테지만, 그러나 그 삶은 죽은 것 같은 지루한 삶일 것이다. 그는 이미 도시의 맛을 본 사람이었다. 도시의 풍요로움과 화려함과 자유로움에 길든 롯에게 산골에서의 삶은 '죽게 될까 두려운' 삶이었다. 도시인인 그는 그런 삶을 원하지 않왔다. 그리고 산으로 간다는 것은 떠나왔던 삼촌에게로 되돌아간다는 뜻으로 이해될 수 있었다. 천사가 그에게 요구하는 것도 그것일 수 있다는 사실을 어렴풋이 깨닫고 롯은 고개를 저었다. 삼촌을 싫어하는 것은 아니었다. 싫어하다니! 그는 싫어할 수 없는 인물이었다. 어릴 때부터 롯은 그의 처신과 인품을 신뢰하고 존경해왔다. 그를 따라 고향을 떠나온 이후 수없이 많은 은혜를 입었다. 포로로 잡혀간 곳에서 삼촌의 도움으로 풀려난 적도 있었다. 그때 소돔을 떠나 삼촌에게 돌아갈 수도 있었으나 그는 그렇게 하지 않았다. 그는 이제 자기가 삼촌과는 다른 방식의 삶을 살고 있다는 사실을 이해하고 있었다. 그는 멸망할 도시에서 피신해야 하지만 도시를 떠날 수 없는 사람이 되었다. 그래서 꾸물거리고, 더 지체할 수 없게 되었을 때 산으로 가는 대신 눈앞에 보이는 작은 성으로 들어가게 해달라고 청했다. 그는 그 성이 아주 작은 성이라는 걸 두 번이나 강조해서 말한다. 아주 작은 성이라는 것이 어떻단 말인가? 롯은 그가 들어가게 해달라고 청하는 성 역시 도시라는 사실을 의식하고 있다. 멸망하는 도시를 빠져나가면서 다른 도시로 들어가 살게 되기를 바라는 부탁의 부적절함을 그는 인지하고 있다. 그는 쑥스러워하지만, 그만큼 간절하다. 아주 작은 성이라고 성의 규모를 축소해서 표현하는 그의 의도는, 그가 가게 해달라고 부탁하는 성이 소돔과는 그 풍요로움이나 화려함이나 자유로움에 있어서, 그리고 그것들의 그늘인 악덕과 문란함과 차별에 있어서도 마찬가지로, 비교도 되지 않는, 거의 도시라고 할 수도 없는, 따라서 소돔처럼 멸망할 일도 없는, 천사가 가라고 하는 산과 별 차이가 없는, 안전한 곳이라는 사실을 설득시키려는 데 있는 것 같다. "저 성이면 피할 만합니다. 아주 작은 성이 아닙니까? 저기로 가면 제가 안전할 것입니다." 물론 그의 의중에는 소돔은 멸망당할 만했지만, 그것은 (그곳 주민들이 악한 짓을 해서이지) 그저 그곳이 도시이기 때문은 아니었다는, 바람과도 같은, 도시에 대한 그의 여전한 사랑이 들어 있다.

5-3. 천사들은 롯을 재촉하고 롯은 꾸물거린다. "서두르시오. 부인과 두 딸을 데리고 여기를 떠나시오. 꾸물거리고 있다가는 저들과 함께 죽고 말 것이오." 그런데도 롯이 꾸물거리자 그 두 사람은 롯과 그의 아내와 두 딸의 손을 잡아끌어서 성 바깥으로 대피시켰다. 그 가운데 한 천사가 롯의 가족에게 말했다. "뒤를 돌아보거나 들에 머무르거나 하지 말고 저 산으로 도피하시오. 그렇게 하지 않으면 죽고 말 것이오." 롯은 눈앞에 보이는 작은 성으로 들어가게 해달라고 간

청하고, 천사는 그 청을 들어준다. "좋소. 저 성은 멸하지 않겠소. 당신네가 거기에 이르기까지는 내가 아무 일도 하지 않을 테니 빨리 그리로 가시오." 그 약속을 받아든 다음에야 롯은 멸망할 도시를 빠져나간다. 천사들은 마음이 급하다. 그들에게는 두 가지 임무가 주어져 있다. 그들은 소돔을 멸망시켜야 하고, 동시에 멸망하는 그 도시에서 롯의 가족을 구해내야 한다. 그들 가족을 구해내기 전에는 도시를 멸망시킬 수 없다. 멸망과 구원이 동시에 일어난다. 이 두 가지 임무는 실은 한 가지 사건의 양면이다. 물에 잠긴 곳에서만 물에서 건져지는 사람이 생기는 이치이다. 물에 빠지지 않은 사람을 건지는 것은 불가능하다. 롯이 들어가게 해달라고 간청한 작은 성은, 천사의 말("좋소, 저 성은 멸하지 않겠소")로 미루어 짐작건대 롯이 부탁하지 않았다면 소돔과 함께 멸망했을 것이다. 그 성 사람들이 소돔만큼 악했는지 그러지 않았는지 알 수 없지만, 어쨌든 롯의 개입으로 멸망의 순간에 구원을 얻게 된 것은 사실이다. 롯의 구원만큼 획기적이고 그보다 극적이다. 물론 롯이 그 성에 있는 사람들을 위해 그 성을 구한 것은 아니다. 그가 그 성에 사는 사람들에 대해 어떤 감정을 가지고 있었는지 추측할 수 있는 단서가 없다. 구원은 가끔 이런 식으로, 예측할 수 없고 대비할 수 없는 우연한 변수에 의해 일어난다. 롯이 신의 계획을 바꾸게 했다. 그러나 이런 구원, 애초의 계획에 없던 우연한 개입에 의한 변화가 바람직하기도 한 일인지는 섣불리 말할 수 없다. 그 성을 찾아들어간 롯이 그곳에 사는 것이 두려워서 곧 두 딸을 데리고 나와 산으로 들어갔기 때문이다. 그 성이 롯을 두렵게 했다는 것은 무슨 뜻일까. 아마도 그 성 사람들은 롯을 반기지 않았던 것 같다. 그 성 사람들 역시 소돔 사람들과 마찬가지로 악해서, 가령 소돔의 남자들이 롯의 집에 들어온 두 나그네에게 하려고 했던 것처럼 다른 데서 온 외지인인 롯을 욕보이려고 해서, 혹은 실제로 욕보여서 롯은 두려웠을지 모른다. 거기로 가면 안전할 것이라는 롯의 생각은 틀렸다. 그곳은 안전한 곳이 아니라 두려운 곳이었다. 그는 성이 아니라 산으로 도망가라는 천사의 말을 들었어야 했다. 주변의 큰 도시들이 한순간에 없어졌는데도 그 엄청난 사건으로부터 어떤 교훈도 얻지 못하고 아무 반성도 하지 않았다면 이 성 사람들의 둔감함이 어느 정도인지 유추할 수 있다. 하늘에서 소나기처럼 쏟아지는 유황불에 의해 파괴되어 없어진 이웃 성의 멸망에 대해 죄와 악에 대한 심판이라고 해석할 만한 감각을 소유한 이는 그 성안에 없었던 것 같다. 이웃 성의 파멸과 그 성에 사는 사람들의 죽음을 슬퍼하거나 애도하는 이도 아마 없었을 것이다. 그저 운 나쁜 자들의 우연한 재앙에 자기들이 포함되지 않은 것만을 다행이라고 여기며 우쭐했을 것이다. 그들이 소돔 사람들보다, 어떤 면에서든 나았을 거라고 추측할 수 있는 근거는 아무것도 없다. 파괴되지 않은 성이 파괴된 성보다 더 정의로웠을 거라고 단정할 수 없다. 불행한 일을 당하지 않은 사람이 불행한 일을 당한 사람보다 더 착할 거라고 판단할 수 없다. 오늘 살고 있는 사람이 어제 죽은 사람보다 살 가치가 더 있는 사람이라고 평가할 수 없다. 롯은 그들과 함께 사는 것이 두려웠고, '아주 작은' 성으로 피신한 자기 선택을 후회했고, 산으로 도망가라는 천사의 말을 들었어야 했다고 뒤늦게 깨달았고, 그래서 산으로 도망가서 숨어살았다.

6. 롯이 그 작은 성에 이르렀을 때에 해가 떠올라서 땅을 비췄다. 소돔과 고모라에 유황과 불이 하늘에서 소나기처럼 쏟아졌다. 그 두 성과 성안에 사는 모든 사람과 넓은 들과 땅에 심은 채소가 흔적도 없이 사라졌다. 롯의 아내는 그곳에서 나오다가 뒤를 돌아보았으므로 소금 기둥이 되었다. 롯은 그 작은 성에 사는 것이 두려워서 두 딸을 데리고 그곳을 떠났다. 롯과 두 딸은 산으로 들어가서 숨어살았다.

하갈의 노래

아브라함이 다음날 아침 일찍 일어나 빵과 물 한 가죽부대를 가져다가 하갈의 어깨에 메어주고 아들과 함께 내보내니 하갈이 그곳을 떠나 브엘세바 광야에서 방황하였다.
가죽부대에 물이 떨어지자 하갈은 아들을 떨기나무 아래에 두고 백 미터쯤 떨어진 곳에 가서 주저앉아 자식이 죽는 것을 차마 볼 수 없다며 목놓아 울기 시작하였다.
하나님이 그 아이의 우는 소리를 들으셨다.

—「창세기」 21장 14절-17절, 현대인의 성경

1.

이건 옳지 않아, 하고 그녀는 중얼거렸다. 그것은 그녀가 입 밖에 낸 거의 유일한 말이었다. 하늘에서 수직으로 떨어지는 햇살은 뜨겁고 땅에 반사되었다가 되쏘는 빛은 따가웠다. 더위를 피할 그늘은 어디에도 없었다. 그녀는 자기가 걷고 있는 곳이 어디인지 알지 못했다. 어떤 길도 그녀를 환영하지 않았다. 빈 들은 말 그대로 빈 들, 어디를 보아도 텅 비어 있었다. 어디로든 갈 수 있었지만 어디도 갈 수 있는 곳은 아니었다. 모든 곳이 길이라는 건 어디도 길이 아니라는 것과 같은 뜻이었다.

그날 아침 그녀는 여느 날과 마찬가지로 일찍 일어났다.

아직 동이 트기 전이었다. 빵을 굽고 신선한 우유를 짜서 아침 식탁을 차리는 것이 그녀의 일이었다. 그녀는 자기 일을 잘하는 사람이었다. 자기 일 잘하는 것을 자부심으로 여기는 사람이었다. 그러나 매일 하던 그 일을 그날 아침에는 하지 못했다. 그녀가 옷을 갖춰 입고 밖으로 나왔을 때 그는 굳은 얼굴로 그녀를 기다리고 있었다. 그가 그렇게 일찍 일어나는 것은 특별하지 않지만 그 시간에 그녀의 장막 앞에서 기다린 것은 특별한 일이었다. 그의 굳은 얼굴이 그녀를 움츠러들게 했다. 특별한 것은 오르막이거나 내리막. 영광이거나 비참. 그녀는 특별한 것을 선호하지 않았다. 나는 평평한 게 좋아. 오르는 것도 내리는 것도 싫어. 그녀가 입버릇처럼 하는 그 말을 들은 사람은 적지 않았다. 굳은 얼굴의 그는 아침 인사도 하지 않고 아들을 깨워서 데리고 나오라고 일렀다. 그의 아들, 그녀의 아들. 말을 하고 나서 그는 동트기 전의 동쪽 하늘을 초조하게 바라보았다.

그녀가 아들을 깨워 데리고 나왔을 때 그는 어깨에 커다란 빵 한 덩어리와 물이 가득 든 가죽부대를 지고 있었다. 어깨 위의 짐이 제법 무거워 보였다. 묵묵히 앞서 걷는 그의 발걸음은 더 무겁게 느껴졌다. 그를 짓누르는 무게가 그녀를 짓눌렀다. 나는 평평한 게 좋아. 오르는 것도 내리는 것도 싫어.

심상치 않은 기운을 느낀 그녀는 주문처럼 혼잣말을 했다. 아직 잠에서 완전히 깨지 않은 아들은 걸음이 야무지지 않았다. 그녀는 아들의 손을 힘껏 쥐었다. 아직 해가 뜨기 전이었다. 그가 어디로 가는지 말하지 않았기 때문에 그녀는 어디로 가는지 알지 못한 채 그의 뒤를 따라갔다. 그런 일은 흔하지는 않았지만 드물지도 않았다. 그는 과묵한 편이었고 사람들은 그를 신뢰했다.

우리, 어디 가요? 하고 아들이 그녀에게 물었다. 그것은 그녀의 마음속에도 있는 물음이었다. 그 질문에 대답할 수 있는 사람은 따로 있었다. 아버지에게 물어보렴. 그녀는 그렇게 말했다. 아들이 빠른 걸음으로 그에게 다가가 물었다. 우리, 어디 가요? 그는 대답하지 않았다. 아무 말도 하지 않기로 작정한 사람처럼 입을 굳게 다물고 앞만 보고 걸었다. 언뜻 보면 화가 난 것 같지만, 곤혹스러움을 애써 숨기고 있는 얼굴이라는 것을 어린 아들은 포착하지 못했다. 눈앞의 하늘이 불그스름해지는 것으로 보아 동쪽을 향해 걷는 모양이라고 그녀는 막연하게 생각했다. 그렇지만 동쪽으로 가면 어디가 나오는지 그녀는 알지 못했다. 혼자서 집을 나와 어딘가로 간 것은 딱 한 번이었다. 그때도 목적지를 정하고 나간 것은 아니었다. 그때 동쪽으로 걸었는지 서쪽으로 걸었는지 생각나지 않았다. 왜 그랬을까, 오랜 고민과 긴 망설임 끝에 절대로 다시 돌아가지 않겠다고 마음먹고 집을 떠났지만 하루 만에 돌아가고 말았다. 지금 옆에서 걷고 있는 아들이 그때는 뱃속에 있었다. 뱃속의 아들이 집을 나갈 용기를 주었고, 또 집으로 다시 돌아갈 이유도 주었다.

이윽고 크고 붉은 해가 성큼 올라왔고, 그녀는 눈이 부셔서 얼굴을 찡그렸다. 그때 말없이 앞서 걷던 그가 걸음을 멈췄다. 어깨에 지고 있던 짐을 내려 그녀의 어깨에 올려놓으면서 그는 그녀의 눈을 피했다. 그녀는 그의 눈이 허공에서 불안하게 흔들리는 것을 보았다. 그녀는 그의 까칠한 피부와 굳은 표정과 앙다문 입술에서 할 수 없는 일을 하지 않을 수 없기 때문에 하는 자의 단호한 결의와 슬픔을 읽었다. 그녀의 눈빛도 어쩔 수 없이 흔들렸다. 그는 몸을 낮추고 아들과 눈을 맞추었다. 그분이 너를 사랑하는 걸 알고 있지? 아들은 아버지가 새삼스럽게 왜 이런 말을 하는가, 하는 표정으로 그를 쳐다보고, 아버지가 새삼스럽게 왜 이런 말을 하는지 알아요? 하고 묻는 듯한 표정으로 그녀를 쳐다보았다. 주님이 너를 사랑하는 걸 잊지 마라. 어디에나 계시는 그분이 어디서나 너를 돌볼 것이다. 그는 아들의 머리 위에 손을 얹고 축복했다.

그녀는, 그분이 너를 사랑하는 걸 알고 있지? 가 아니라 아버지가 너를 사랑하는 걸 알고 있지? 라고 말했어야 한다고 생각했다. 신이 너를 사랑하는 걸 잊지 마라, 가 아니라 아버지가 너를 사랑하는 걸 잊지 마라, 라고 했어야 한다고. 물론 그녀는 그것이 아들을 축복하는 아버지의 관용적인 표현이라는 걸 알고 있었다. 그래도 자기를 사랑한다는 것을 아들이 잊어버리지 말아야 할 이는 어디 있는지도 모르는 '주님'이 아니라 아버지여야 한다는 믿음을 그녀는 양보하고 싶지 않았다. 없으면서 있는 것처럼 내보일 수 없고 있으면서 없는 것처럼 감출 수 없는 것이 사랑이라는 것을 그녀는 알고 있었다. 잠깐 위장할 수는 있지만 오래 속일 수 없고, 한때 감출 수는 있지만 결국 드러나지 않을 수 없는 것이 사랑이라는 걸. 아들을 향한 눈빛과 미소와 말투를 통해 그는 늦게 얻은 외아들에 대한 속깊은 사랑을 어쩔 수 없이 자주 노출했다. 그녀를 대하는 눈빛과 미소와 말투에서 언뜻언뜻 느껴졌던 것이 아들을 보는 눈빛과 미소와 말투에서는 자주자주 느껴졌다. 그것은 그녀의 은밀한 기쁨이었다. 그를 통해 얻은 아들이 그를 대신했다. 그녀는 그의 사랑이 아들에게 머무는 것으로 만족했다. 그녀는 비굴하지는 않았지만 분수를 모르지도 않았다. 그녀는 자기가 누구인지 잘 이해했다. 나는 평평한 것이 좋아. 오르는 것도 내리는 것도 싫어.

그가 몸을 일으켜세운 다음 물기 없는 목소리로, 이제 가거라, 하고 말했을 때 그녀의 가슴이 덜컹 소리를 내며 흔들렸다. 이번에도 그의 눈길은 그녀는 물론 아들의 얼굴에조차 닿지 않고 아주 먼 곳을 향했다. 아주 먼 곳 어디에도 그의 눈길은 머물지 않았다. 가라니요? 어디로 가라는 말입니까? 그녀가 물었다. 그는 입을 다문 채 빈들의 끝을 주시했다. 그녀는 대답을 회피하는 그를 이해하지 못했다. 그가 대답할 수 없는 사람이 되어 있다는 것을 받아들일 수 없었다. 그러나 어떤 결정도 할 수 없는 상황에서 어쩔 수 없이 어떤 선택을 해야 할 때 나타나게 마련인 곤혹스러움을 그의 얼굴에서 발견한 순간 그녀는 자기가 애써 부정하려고 했던 일을 더이상 부정할 수 없다는 걸 깨달았다. 그녀의 입에서 터져나온 비명 같은 소리를 그는 들었고, 들었으면서도 못 들은 척했다. 그의 완고한 침묵이 무엇을 견디고 무엇을 은폐하기 위한 것인지 알 것 같아졌으므로 그녀의 질문은 달라졌다. 그녀는 그가 무엇을 견디는지는 어렴풋이 이해할 수 있었지만, 무엇을 은폐하는지는 잘 이해할 수 없었다. 왜요? 그녀는 그 질문을 곧바로 그의 심장을 향해 던졌다. 그런데도 그는 그것만이 자기가 할 수 있는 유일한 일인 것처럼 꿋꿋하게 버텼다.

당신의 침묵은 비겁하다. 고통을 위장하지 마라. 고통을 가하는 자가 죄책감을 면제받기 위해 부리는 고통의 위장만큼 가증스러운 것이 있을까. 그녀의 마음속에서 말들이 회오리치며 솟구쳤다. 당신은 우리에게 이렇게 할 수 없어요. 이건 옳지 않아요. 그는 여전히 아무 반응도 보이지 않았다. 그의 눈길은 아까보다 조금 더 위로, 그러니까 허공으로 올라갔다. 아래로 떨어지려는 시선을 억지로 끌어올리느라 그의 목에는 힘줄이 빳빳하게 섰다. 그곳 역시 그의 눈길을 붙잡아 줄 거리는 없었지만 그는 필사적으로 힘을 주고 버텨 눈길이 미끄러지는 걸 막아냈다. 그녀의 눈에 그의 그런 표정은 이제 곤혹스러워 보이는 것이 아니라 고집스러워 보였다.

2.

아이가 젖뗀 것을 축하하는 잔칫날, 그녀는 아이의 어머니이자 그녀의 여주인이었던 부인이 그에게 하는 말을 들었다. 엿들은 것이 아니라 듣지 않겠다고 귀를 막지 않는 한 들렸기 때문에 들었다. 말하는 사람이 들어도 상관없다는 듯 조심성 없이, 어쩌면 들으라는 듯 일부러 거침없이 말했기 때문에 듣지 않을 수 없었다. 보세요, 저애가 우리 아들을 놀리고 있어요. 저애는 크고 우리 애는 이제 겨우 걸음을 걷기 시작했는데, 크면서 계속 괴롭히지 않는다고 어떻게 장담하겠어요? 그 시달림을 어떻게 견디겠어요? 그는 부인의 목소리가 커지는 것을 자제시키려는 듯 손짓을 해가며 나지막하게 말했다. 놀리다니. 둘이 잘 놀고 있지 않소. 부인은 고개를 저었다. 놀고 있는 게 아니에요. 놀리고 있는 거예요. 저애는 우리 애를 놀리면서 놀고 있는 거예요. 그는 터무니없는 말을 들은 것 같은 표정을 지었다. 그녀의 귀에도 그것은 터무니없는 말이었다. 그러나 부인의 말을 막지는 못했다. 부인이 작정하고 말을 쏟아냈기 때문이다. 그래도 그녀는 그가 부인의 입을 막지 않은 것이 못내 서운했다. 시기와 악의와 오만의 자루에서 쏟아져나온 그 거친 말들을 그대로 듣도록 내버려둔 것이. 저 녀석이 내 여종에게서 태어났다는 걸 잊지 마세요. 그런 애와 우리 애가 유산을 나누게 할 수는 없어요. 골치 아픈 일이 생기지 않는다고 누가 장담할 수 있겠어요? 당신이 이 집 가장이라면, 그리고 우리 애가 그분의 위대한 약속을 통해 태어난 아이라는 걸 믿는다면, 말썽 생기기 전에 저것들을 쫓아내세요. 그는 주변을 의식하면서 나지막하게, 그러나 가장의 위엄을 앞세워 단호하게 타일렀다. 그렇게 말하지 마시오. 저 아이도 내 아이요. 저 아이도 특별한 아이요. 우리에게 보내진 선물이오. 나는 큰애가 작은애를 괴롭히는 걸 보지 못했소. 당신 눈에 그렇게 보이는 것은 당신이 다른 마음으로 보기 때문이오. 누구도 이 집에서 쫓겨나는 일은 없을 것이오. 두 아이는 이 집에서 잘 자랄 것이오. 부인은, 내가 질투라도 한단 말이에요? 하고 쏘아붙였다. 주변을 의식할 경황이 없거나 주변을 의식하지 않기로 마음먹은 것처럼 목소리가 컸다. 당신 마음속을 잘 들여다봐요. 그의 목소리는 평소와 다르지 않았다. 평소와 다름없이 묵직하고 나지막하고 침착했다. 그녀는 늘 그의 그 묵직함과 침착함이 믿음직스러웠다. 그러나 그날은 마음이 평평해지지가 않았다. 그녀는 엿듣는 것 같은 자기 꼴이 민망해서 그 자리를 피했기 때문에 그 이상의 대화는 듣지 못했다. 그러나 잠시 후 그 자리로 다시 돌아왔을 때 두 사람은 여전히 무슨 이야기인가를 나누고 있었다. 여자는 투정부리는 것 같은 표정이고 남자는 곤혹스러움을 참고 있는 것 같은 표정이었다.

그런 일이 며칠 전에 있었다. 그러나 그녀는 부인의 원대로 집에서 쫓겨나는 일이 실제로 일어날 거라고는 생각하지 않았다. 누구도 이 집에서 쫓겨나는 일은 없을 거라고 말한 사람이 이 집의 가장이기 때문이었다. 그곳은 그녀의 집이었고, 그녀는 그렇게 생각하며 살았고, 그녀 역시 아이를 낳은 아내였고, 그녀는 그렇게 생각하며 살았고, 자기가 낳은 아들은 이 집의 맏이였고, 그것은 그녀만이 아니라 누구도 다르게 생각할 수 없는 사실이었다. 무엇보다 그녀를 안심시킨 것은 그의 말이었다. 저 아이도 내 아이요. 저 아이도 특별한 아이요. 두 아이는 이 집에서 잘 자랄 것이오. 그는 그렇게 말했고 그녀는 그렇게 들었다. 그녀에게 한 말이 아니었으므로, 듣기 좋으라고 한 말이 아니고 불편한 상황을 얼렁뚱땅 넘어가려고 꾸며낸 말이 아니었으므로 믿어도 되었다. 그녀는 그렇게 생각했다. 그는 묵직하고 침착한 사람, 집안의 어른이었다. 그가 그렇게 말했으므로 그렇게 될 것이었다. 그의 말대로 되지 않은 것은 하나도 없었다. 가끔 부인의 다그침 앞에서 곤혹스러워하던 그의 표정이 떠올라 마음이 휘청거리기도 했지만 그럴 때면 공연히 걱정할 필요 없다며 고개를 젓고 주문을 외듯 중얼거렸다. 나는 오르는 것도 내리는 것도 싫어.

그런데 이런 일이 일어났다. 일어나지 않기를 바랐고 일어나지 않을 거라고 생각했던 일이 현실이 되어 나타났다. 어떻게 이럴 수 있는가. 아내와 아들을 쫓아내는 가장이 어디 있는가. 낮엔 뜨겁고 밤엔 추운 빈 들에 아내를 버리는 남편, 아들을 버리는 아버지가 어디 있는가. 허물이 있어도 덮어야 하는 가장이 허물도 없는 아내와 아들에게 어째서 이러는가. 그녀의 내부에서 웅성거리던 소리들이 밖으로 쏟아졌다. 그는 곤혹스러운 얼굴을 그녀에게 돌렸다가 의지를 다잡듯 이를 악물고 다시 앞을 보았다. 나도 괴롭소. 안타깝게도 나는 내 사랑을 보여줄 수가 없소. 내가 섬기는 신이 내 사랑을 보여주지 못하게 막기 때문이오. 그의 늙은 목소리는 속으로 말려들어갔고, 그래서 묵직하지도 침착하지도 않고 그저 비굴하게 들렸다. 그녀는 그의 비굴함에 마음이 더 상했다. 당신이 섬기는 신이 그런 분이라면, 인륜도 사랑도 짓뭉개는 그런 분이라면 어떻게 경배를 받을까? 그런 분을 위해 제단을 쌓고 예배를 드리는 당신을 누가 존중할까? 그는 괴로운 듯 얼굴을 일그러뜨리고 고개를 흔들었다. 그렇게 말하지 마시오. 행여 당신과 아들이 그분의 눈 밖에 날까 두렵소. 최선을 뛰어넘는 최선, 인륜과 사랑을 뛰어넘는 법과 약속이 있다는 걸 알지 않소. 그녀는 고개를 저었다. 속엣말을 더 토해내려는 그녀를 그는 곤혹스러운 표정으로 저지했다. 제발…… 나를 욕하는 건 괜찮소. 그러나 제발 그분을 모욕하는 말은 하지 마시오. 그녀는 소리쳤다. 사랑을 보여주지 못하게 막는 신이 있다니. 그런 신을 섬긴다니. 당신은 변명을 하고 있는 거예요. 당신은 당신의 사랑을 보여줄 수 없는 것이 아니라 보여줄 사랑이 없는 거예요. 그의 얼굴은 자신의 진심을 이해시킬 수 없는 자의 고통으로 일그러졌다. 그는 더이상 그녀를 상대하려 하지 않았다. 그는 어른들의 설전을 멀뚱히 지켜보고만 있던 아들을 향해 말했다. 똑바로 가야 한다. 옆으로 빠지지 말고 앞으로 곧장. 우물이 나올 때까지 계속 가야 한다. 그는 그 말을 하고, 눈길로 아들의 머리를 오래 쓰다듬은 다음 미련에 붙잡히지 않겠다는 듯 단호하게 돌아섰다.

그녀의 입에서 비명과도 같은 말이 터져나왔다. 그것은 저주와 같았다. 당신이 섬기는 신이 당신에게 내가 겪은 것과 같은 일을 겪게 하도록 빌겠다. 당신이 섬기는 신이 당신이 가장 사랑하는 사람에게 당신의 사랑을 보여주지 못하게 막아달라고 밤낮으로 간청하겠다. 그 말을 할 때 그녀는 자신의 내부에 누군가 들어앉아 목소리를 내는 것 같은 경험을 했다. 그녀는 자기가 한 말을 다른 사람이 한 말처럼 들었다.

자신의 등을 향해 내쏘는 그녀의 저주가 그의 몸을 휘청거리게 했지만 그는 똑바로 걸어갔다. 넘어지지 않으려고 다리에 힘을 주고 뒤도 돌아보지 않고 걸었다. 그러나 그녀와 아들은 똑바로 걸어갈 수 없었다. 해가 하늘 복판을 향해 달음질해나가는 꽤 긴 시간 동안 그 자리에 붙박여 움직이지 못했고, 채찍으로 때리는 것 같은 햇볕의 따가움에 겨우 정신을 차리고 몸을 일으킨 다음에도 비틀거리며 걸었다. 그녀는 어디로 가야 하는지 몰랐다. 끙끙거리며 다만 걸었다. 걷는다는 의식도 하지 못한 채 걸었다. 걷지 않으면 쓰러질 것 같아서 걸었다.

어느 순간부터 물이 든 가죽부대는 아들의 어깨에 둘러메어 있었다. 갈증을 참지 못하고 계속 물을 마셔대던 아들은 비어가는 가죽부대를 걱정스럽게 들어 보이며 어머니에게 똑바로 걸어야 한다고, 그래야 우물이 나온다고 말했다. 그녀의 귀에는 아들의 말이 들리지 않았다. 하늘도 대지도 고요했다. 내리쪼이는 햇살은 뜨겁고 땅에서 반사된 햇살은 따가웠다. 혹사당한 다리는 흐느적거리고 목은 타들어갔다. 이 세상을 만들고 세상을 이끌어가는 유일하신 분, 당신은 모르는가? 보지 않는 것이 없는 분, 땅의 신음을 가장 크게 듣는다고 말하신 분이 당신 아닌가? 세상 모든 사람이 모른다 해도 당신은 모를 수 없다. 모를 수 없는 분이 어떻게 모른 체하는가? 왜 아무 말도 하지 않는가? 그녀는 속으로 부르짖었다.

그녀는 오래전에, 그러니까 지금 자기 옆에서 걷고 있는 아들이 뱃속에 있을 때, 그러니까 딱 한 번 용기를 내서 집을 뛰쳐나왔을 때, 사막의 우물가에서 들었던 신의 음성을 떠올렸다. 울분과 설움을 참으며 한나절 동안 정처없이 걷다가 겨우 우물을 발견하고 그 곁에 넋 놓고 앉아 있는데, 문득 그녀의 이름을 부르는 목소리가 들렸다. 하갈아, 너는 어디서 와서 어디로 가느냐? 그녀는 자기 말고는 살아 움직이는 것이 하나도 없는 황량한 사막에서 자기 이름이 불리었기 때문에 놀랐고, 그 목소리가 온 곳과 가는 곳을 물었기 때문에 의아했다. 진정 당신입니까? 하고 물은 것은 그때까지 그분이 자기를 찾아온 적이 없었기 때문이었다. 그분은 그녀가 종으로 있는 집의 사람들이 섬기는 신이었다. 그들의 신이었지 그녀의 신이 아니었다. 이방인이고 주인의 종인 자기에게 주인의 신이 찾아오고 말을 걸 거라는 기대를 해본 적이 없었다. 그녀는 자기가 그분의 세계에 속해 있다고 생각해보지 못했다. 그분이 그녀의 관심의 대상이 아닌 것처럼 그녀 역시 그분의 관심의 대상이 아니라고, 그럴 리 없다고 생각했다.

그녀의 이름이 한번 더 불리었다. 하갈아. 틀림없이 자기 이름이었다. 하갈은 놀라서 사방을 두리번거렸다. 여태 그분이 부른 것처럼 그녀를 부른 사람이 없었다. 마치 크고 따뜻한 손으로 머리를 쓰다듬는 것처럼 부드럽고, 힘센 팔로 허리를 끌어안는 것처럼 압도적이었다. 거부할 수 없는 부드러움. 신의 목소리는 너무나 현실적이어서 뿌리칠 수 없었다.

당신이 제 이름을 부릅니까? 하갈은 하늘을 향해 소리쳤다. 네가 외로움과 고통 속에서 부르짖는 신음소리를 내가 들었다. 땅의 신음소리는 하늘에서는 가장 큰 소리. 못 들을 수 없다. 외로움과 고통 속에서 숱하게 내보냈던, 언어가 되지 못한, 될 수 없었던 신음소리를 그분이 친히 듣고 있었다는 말이 그녀의 내부에 소용돌이를 만들었다. 들었습니까, 당신이? 그녀는 터져나오는 울음을 주체할 수 없어서 울었다. 몸속의 모든 물이 눈물이 되어 쏟아졌다. 그녀의 울음소리가 사막 이 끝에서 저 끝으로 퍼져나갔다. 사막의 모래들 속으로 파고들어갔다. 사막의 모래들이 그녀와 같이 울었다. 언어가 되지 못한, 될 수 없는 신음소리를 가장 크게 들은 분, 자기의 답답하고 억울한 처지를 살피시는 분의 존재를 깨달은 감격 때문에 그녀의 울음소리는 한층 더 커졌다.

이윽고 그녀는, 나를 살피시는 분이니 내가 몸담고 있던 집에서 도망쳐나오는 길인 것을 당신이 아십니다, 하고 대답했다. 그녀는 살던 집에서 나와 도망치는 길이라고 말했지만 어디로 도망치는지는 밝히지 않았는데, 그것은 그녀가 어딘가로 가고 있지 않았기 때문이었다. 그녀는 집에서 나왔지만, 나왔을 뿐, 어디를 향해 가고 있는 것은 아니었다. 갈 곳을 정해놓고 나온 것이 아니었다. 그랬다면 이번에도 나오지 못했을 것이다. 그녀는 자주 그 집에서 달아날 마음을 먹었지만, 그때마다 그 집을 나와 갈 곳이 없다는 사실을 깨닫고 주저앉았다. 떠나기 위해 갈 곳을 먼저 생각하는 사람은 떠나지 못한다. 어디를 향해서 몸을 움직이는 것이 아니라 어디로부터 움직이는 것이 핵심이다. 도착해야 할 어딘가를 향해서가 아니라, 떠나야 할 어딘가로부터 출발하는 것이다. 그래야 떠날 수 있고, 그래야 어딘가에 이를 수 있다. 도착할 그곳은, 그곳이 어디든, 도착하기 전에는 아직 존재하지 않는 곳이다. 어차피 아직 존재하지 않는 그곳이 이미 존재하고 너무 존재해버린, 말하자면 더 존재하지 않아도 되는 이곳을 떠나지 못하게 하는 것은 합당하지 않다. 그렇게 생각하자 떠날 수 있을 것 같았다.

그녀가 '살피시는 분'이라고 이름 붙인, 그 다정하고 압도적인 목소리를 가진 분은 그녀가 한 말을 알아들었고, 그녀가 하지 않은 말도 알아들었다. 그러지 않았다면 어디로 가는지 다시 추궁했을 텐데, 추궁하는 대신 그녀가 어디로 가야 할지 지시했기 때문에 그녀는 그렇게 생각했다. 그렇지만 지시는 추궁보다 가혹했다. 추궁은 행위자의 역할을 따지지만 지시는 행위자에게 역할을 부여만 할 뿐이다. 추궁은 발언할 기회를 주지만 지시는 들을, 행할 의무만 지운다. 네가 떠나온 집으로 돌아가라. 그분이 한 말은 그녀가 듣고 싶은 말이 아니었다. 어떻게 떠나왔는데 다시 돌아가란 말인가. 그녀는 항의했다. 그곳에서 내가 어떻게 살았는지 아시잖아요. 나는 도망나왔습니다. 그 집은 내가 나온 집이지 돌아갈 집이 아닙니다. 그러나 그녀의 항의는 하늘로 올라가지 못했다.

그때처럼 그분이 어디서 와서 어디로 가느냐고 묻는다면 어떻게 대답해야 할까. 어떻게 대답할 수 있을까. 하갈은 그때의 그 목소리, 거부할 수 없는 부드러움을 가진 그분의 목소리를 기다렸다. 이번에도 어디서 왔는지는 말하겠지만 어디로 가는지는 말하지 못할 것이다. 그때처럼 어디서 왔는지는 알지만 어디로 가는지는 모르기 때문이다. 그러나 그때처럼 고분고분하지는 않을 것이다. 기다리지도 부르지도 않았는데 갑자기 나타나서 떠나온 자리로 돌아가라고 지시했던 그때의 신이 원망스러웠다. 그녀는 그때 포기해버린 다른 삶을 아쉬워했다. 그분은 온 곳으로 돌아가라고 했고 그녀는 그 지시대로 했다. 아니, 지시가 아니었다. 신은 그녀를 설득했다.

이렇게 광야로 내몰아 죽이려고, 아들과 함께 죽이려고 다시 집으로 돌아가게 한 것인가. 그때 주었던 뜨거운 약속들은 무엇인가. 헛된 희망에 기대 노예로 숨죽이며 살게 해놓고, 결국 이렇게 뜨거운 태양 아래서, 아들과 함께 죽게 하는가. 그녀의 가슴속에는 말들이 가득 들어차 있었다. 그분이 나타나 말을 시킨다면 쏟아낼 말들, 오직 그분에게만 터뜨릴 말의 더미들이 가득했다. 이건 옳지 않아요. 온종일 되뇐 그 말은 곧 그분을 향한 항의의 말이기도 했다.

3.

여주인이 주인의 침실로 들어가라고 했을 때 그 요구를 거절했어야 했다고, 그 옳지 않은 요구를 거절하지 않은 것이야말로 옳지 않았다고 하갈은 자기를 나무랐다. 처음엔 거절했었다. 그러나 결국 수용했다. 거절하는 데는 용기가 필요했다. 수용하는 데도 용기가 필요했다. 거절하는 데 더 용기를 썼다면 수용하는 데 용기를 쓸 필요는 없었을 거라고, 더 거절하고 마지막까지 거절했어야 했다고 그녀는 후회했다.

여주인은 말했다. 너도 알다시피 우리 부부에게는 자식이 없다. 남편은 후손이 하늘의 별처럼 많아질 거라는 약속을 받았다고 하지만 당장 대를 이을 자식이 한 명도 없는 걸 너도 알지 않느냐. 남편도 늙었고 나도 늙었다. 이제 약속이 이루어질 날을 기다릴 수가 없구나. 이러다가는 다마스쿠스에서 온 종놈이 우리집 상속자가 될 형편이다. 그애가 영리하고 신실하다는 것을 누가 모를까. 그렇지만 그애는 우리 피가 하나도 섞이지 않았잖느냐. 신은 후손을 약속했지만 어쩐 일인지 나에게 출산의 복을 허락하지 않았다. 나는 가망이 없다. 신의 약속을 굳게 믿고 이 늙은 아내의 태의 문이 열리기만을 기다리는 저 남편을 더이상 볼 수가 없구나. 그러니까 네가 나 대신 이 일을 해다오. 생각지 못한 여주인의 요구에 당황한 그녀는 손을 내저었다. 나는 당신이 아니고, 당신이 아니므로 당신 남편의 침실로 들어갈 수 없다는 그녀의 말을 그녀의 여주인은 흡족하게 여겼다. 네가 나와 함께 지낸 시간이 몇 년이냐? 나는 너를 알 만큼 안다. 너는 성실하고 욕심이 없고 분별력도 있지. 너는 내 역할을 대신할 사람으로 손색이 없다. 그녀는 여주인이 자기 뜻을 오해했다는 사실을 알아차렸다. 여주인은 그녀를 알 만큼 알았지만 그 이상은 아니었다. 그녀는 성실하고 욕심이 없고 분별력도 있었다. 그러나 그녀는 또한 자기가 누구인지 알았고, 자기 외의 다른 누군가가 되려고 하지 않았다. 그녀는 영광도 바라지 않고 비참도 원하지 않았다. 그녀는 여주인이든 여왕이든, 자기 외의 다른 누군가가 되고 싶지 않다는 뜻을 전하려 했으나 여주인은 종인 그녀가 여주인인 자기가 되는 것을 감당하지 못해한다는 뜻으로 받아들였다. 그녀는 여주인의 심기를 불편하게 하는 한이 있더라도 오해를 풀어주어야 한다고 생각했다. 자식을 낳지 못하는 여주인을 위해 주인의 아이를 낳아주는 일이 드물지 않다는 것을 그녀도 모르지 않았다. 그러나 다른 집에서 다른 사람이 그렇게 한다고 해서 자기도 그렇게 해야 하는 것은 아니라는 것이 그녀의 생각이었다. 그녀는 자기가 하는 일에 성실했다. 자기가 하는 일을 성실하게 잘하는 것만을 원했다. 저는 다른 사람이 되고 싶지 않습니다. 저는 제 일을 잘하고, 언제일지 모르지만 저의 남편에게서 저의 아이를 낳기를 원합니다.

여주인은 잠깐 동안 당돌하다는 듯 쳐다보았지만 곧 눈가에 웃음을 만들어 그녀의 어깨를 토닥였다. 내가 약속한다. 남편의 침실로 들어갈 때 너는 아내의 신분으로 들어가라. 네 몸을 빌려 내가 들어가는 것이 아니라 너로서 네가 들어가는 것이다. 네가 아이를 낳을 때 너는 너의 아이를 낳는 것이다. 그녀는 품위 있게 말하고 우아하게 미소 짓는 여주인의 얼굴을 주의깊게 바라보았다. 경솔하거나 무례하거나 빈말을 하는 사람이 아니었다. 평소에 그녀는 종인 자기에게도 감정이 있다는 것을 헤아려주는 듯한 여주인을 존경했다. 그녀는 여주인을 알 만큼 안다고 생각했다. 여주인이 그녀를 아는 만큼, 아니 그 이상으로 그녀도 안다고 생각했다. 물론 그것으로 충분하지 않다는 것을 나중에 깨닫게 되었지만 그때는 여주인의 진심을 의심할 이유가 없었다. 그러나 그 남편에 대해서는 안다고 말할 수 있는 형편이 아니었다. 그녀는 그가 아내와 생각이 같은지 확신할 수 없었다. 그 역시 아내의 몸을 통해 약속된 후손을 얻게 될 거라는 기다림을 포기했는지 확신할 수 없었다. 그 역시 아내의 종인 그녀가 그의 침실로 들어오기를 바라는지 확신할 수 없었다. 그 역시 그녀가 낳는 아이를 그녀의 아이로 인정해줄 것인지 확신할 수 없었다. 그 역시 그녀를 다른 사람의 분신이 아니라 그녀 자신으로 대해줄 것인지 확신할 수 없었다.

그녀는 자기가 우려하는 것이 무엇이고 원하는 것이 무엇인지 또렷하게, 그러나 공손히 말했다. 여주인은 그녀의 당돌한 요구를 받고 당황한 듯 잠깐 침묵했으나 곧 미소를 머금고 말했다. 생각이 참 많은 아이로구나. 하지만 신중한 건 좋은 거지. 나 역시 그런 걱정을 지닌 채 남편의 침실로 들어가게 하고 싶지는 않구나. 그녀는 죄송하다고 머리를 숙였다. 여주인이 약간 딱딱한 목소리로, 내가 약속한다, 내 약속은 곧 남편의 약속이다, 라고 덧붙였다. 두 사람의 대화가 이어지는 사이에 여주인의 요구는 부탁이 되었다.

남자의 침실로 들어가면서 그녀는 자기 행위가 종의 복종이 아니라 여자의 운명임을 스스로에게 납득시키려 했다. 개인의 선택에 따라 달라지지 않는 것이 운명이다. 바꾸려면 세계가 움직여야 하고 세기가 반응해야 한다. 복종이라면 거부할 수 있지만 운명은 거부할 수 없다. 주인의 남편 침실로 들어가야 하는 여자와 종을 남편의 침실로 들여보내야 하는 여자의 운명이 다르다고 할 수 있는가. 누구의 고통이 더 크다고 말할 수 있겠는가. 그런 생각을 하자 부탁의 형식을 빌린 여주인의 요구를 받아들일 수 있을 것 같아졌다.

그런데 왜 이렇게 되었을까? 아이를 갖지 말아야 했을까? 질문은 엉뚱한 곳을 향했다. 아이를 갖거나 갖지 않는 것이 개인의 능력에 속한 일이겠는가. 능력에 속한 일이라면 노력하고 애씀으로써 성취할 수 있어야 한다. 그러나 아이를 갖지 못한 어떤 사람이 아이를 가진 어떤 사람보다 덜 노력하거나 덜 애썼다고 할 수 없다. 사실은 더 노력하고 더 애쓴다. 노력해도 이룰 수 없는 것이 있고, 애써도 안 되는 것이 있다. 어떤 결과는 다만 주어질 뿐이다. 어떤 능력은 그저 은혜로 베풀어질 뿐이다. 행위자가 행위를 통해 해낸 것으로 보이는 일들이 실상은 그를 통해, 혹은 그 안에서 그저 행해진 것에 지나지 않는 경우가 더 많다. 이 경우에는 행한(행해진) 자에 대한 칭찬도 행하지(행해지지) 않은 자에 대한 비난도 합당하지 않다. 행한 자는 내세울 것이 없고, 행하지 않은 자는 부끄러울 것이 없다. 그가 한 것도 그가 한 것이 아니고 그가 하지 않은 것도 그가 하지 않은 것이 아니기 때문이다.

그래도 아이를 갖지 말았어야 했던 모양이라고, 아이를 갖게 된 은혜를 거부하는, 할 수 없는 일을 어떻게든 해냈어야 하는 모양이라고, 그런 은혜는 주지 말라고, 주었다면 제발 거둬가달라고 탄원이라도 했어야 하는 모양이라고 그녀는 생각했다. 복이 화가 되었다고, 복의 모양을 한 화였던 거라고 탄식했다.

아이를 낳으라고 남편의 방으로 밀어넣어놓고, 막상 아이가 생기자 마치 하지 말라고 지시한 일을 하기라도 한 것처럼 언짢아하는 부인을 어떻게 이해해야 할지 당황스러웠다. 아이가 생긴 후에 그녀가 부인을 업신여기는 태도를 보였다는 건 터무니없는 주장이고 누명이었다. 맹세코 그녀는 그런 적이 없었다. 자기 아이를 가진 기쁨이 말로 형용하기 어려울 정도로 큰 건 사실이었다. 그러나 혹시라도 마음 상해할까봐 부인 앞에서는 말로는 물론 표정으로도 기쁨을 표현하지 않으려고 노력했다. 꼭 그래야 하는 것이 아니었는데도, 제 몸으로 아이를 낳지 못한 채 늙어버린 여자의 딱한 처지를 생각해서 항상 조심했다. 그녀의 그런 조심성이 어떻게 깔보거나 멸시하는 것으로 받아들여졌을까. 남편의 아이를 배니까 천하를 가진 것 같은가보구나. 이제 이 집이 네 것이고 내 남편이 네 것이고 내 것이 다 네 것으로 보이는가보구나. 부인은 그녀를 볼 때마다 그런 말로 힐난했다. 하루라도 보지 않은 날이 없었으므로 그 날 선 말들을 하루라도 듣지 않는 날이 없었다. 그녀는 그런 적이 없고 그럴 마음도 없다고 수도 없이 대답했지만 그 말들은 그녀의 말을 들을 생각이 아예 없는 이의 귀에 가닿지 않았다. 아이를 가진 자는 아이를 가지는 것이 자기 능력과 관련된 일이라고 생각하지 않으므로 속으로 기뻐할망정 자랑하거나 우쭐대지 않지만, 아이를 가지지 못한 자는 아이를 가지지 못한 것이 자기 능력과 관련된 일이 아니라고 생각하지 않으므로 속으로만 아니라 겉으로도 질투와 시기심을 숨기지 못했다.

뱃속에 아이가 들어 있으니까 내가 네 종으로 보이는 거지? 하며 부인이 그녀의 몸을 밀친 것은 어느 날 오후였다. 낮잠에서 막 깨어난 부인은 큰 소리로 그녀를 불렀다. 옆방에서 곧 태어날 아이에게 입힐 옷을 만들기 위해 양털을 다듬고 있던 그녀는 곧바로 달려갔다. 무슨 일인지 부인의 얼굴이 붉으락푸르락했다. 물을 길어오게 하고 네 발을 씻기게 해? 감히 나에게 양젖을 짜고 빵을 구워서 네 식탁을 차리게

해? 부인은 자기 가슴을 치며 펄쩍펄쩍 뛰더니 그녀에게 달려들어 얼굴을 할퀴었다. 순식간에 일어난 일이었다. 부인의 성품이나 평소의 행실을 감안하면 상상도 할 수 없는 일이었다. 도대체 무엇이 저 점잖은 부인의 분별력을 빼앗은 것일까? 그녀는 뱃속의 아이를 보호하기 위해 배를 감싸며 최대한 몸을 조그맣게 웅크렸다. 내가 언제 물을 길어오게 하고 발을 씻기게 하고 양젖을 짜게 하고 빵을 굽게 했어요? 그것들은 다 그녀가 하는 일이었다. 그녀가 늘 하는 일이었다. 전부터 하던 일이고 지금도 하는 일이었다. 남편의 침실에 들어가기 시작한 후에도, 아이를 가진 다음에도 그녀는 그전에 하던 일들을 그만두지 않았다.

그녀는 한 남자의 아내가 되고 한 아이의 어머니가 되는 것과 자기의 일을 분리해서 생각했다. 그녀가 원한 것은 다른 사람의 일과 자리를 차지하는 것이 아니라 자기 자신의 일과 자리를 지키는 것이었다. 다른 일을 하는 사람이 되는 것이 아니라 자기를 잃어버리지 않는 것이었다. 다른 사람이 되는 것이 아니라 자기 자신이 되는 것이었다. 그랬으므로 전에 하지 않던 일을 하거나 전부터 하던 일을 그만두거나 하지 않았다. 그녀는 자기가 하지 않은 일로 받는 비난이 부당하다고 생각했다. 그러나 돌아온 대답은 그녀를 한층 어처

구니없게 만들었다. 웃어야 했지만 그럴 수 없었다. 이젠 꿈에서까지 네가 나를 하찮게 여기고 모욕을 주고 괴롭혀. 몸종 주제에, 아이를 가졌다는 이유로, 몸종 주제에, 아이를 가진 것 말고는 아무것도 아닌 주제에, 감히 나한테, 어떻게 나한테…… 여주인은 제정신이 아닌 게 틀림없었다. 꿈과 현실도 구분하지 못하는 부인의 마음이 전달되어서 그녀의 가슴 한쪽이 쓰라렸다. 그녀는 연민과 죄책감을 동시에 느꼈다. 얼마나 가여운 사람인가! 그렇게 하는 것이 허용된다면, 부인의 머리를 자기 가슴에 끌어안고 등을 토닥여주고 싶을 정도였다. 뱃속의 생명이 그녀를 영광스럽게 한 것은 아니었다. 그러나 누군가를 비참하게 만든 것은 틀림없었다. 그녀는 올라가는 것도 내려가는 것도 바라지 않았다. 나는 평평한 것이 좋아. 그녀는 제자리를 지켰다. 그러나 내려간 사람은 자기가 내려갔기 때문에 제자리에 있는 사람을 올라갔다고 간주한다. 그녀는 부인이 느끼는 감정의 혼란을 이해했고 그 아픔을 온몸으로 공감했다. 당신의 마음이 어떻게 평평하겠는가. 그러자 너그러워졌다. 모욕도 학대도 견딜 수 있을 것 같아졌다. 그녀는 자기가 아이를 가진 것은 우연한 복이지 능력이 아니라고 말했다. 우연한 복은 내가 욕심낸다고 얻을 수 있는 것도 아니고 원치 않는다고 가질 수 없는 것도 아니라고, 그러니까 자기는 자랑도 하지 않고 누구를 멸시하지도 않는다고, 자기는 아이를 갖기 전의 그 사람과 다른 사람이 아니라고 말했다. 그녀의 선의는 선의를 받을 의사가 없는 사람의 마음을 뒤틀었다. 부인은 저 천한 종년이 나를 가르치기까지 한다며 잡히는 대로 물건을 집어던졌다.

소란을 듣고 달려온 사람들 중에는 집안의 어른인 그도 있었다. 그는 악몽에 사로잡힌 것 같은 얼굴로 부인이 그녀를 고발하는 소리를 들었다. 이것이 내 몸종이었다는 것을 당신은 잊으면 안 됩니다. 내가 나 대신 당신의 대를 잇게 하려고 당신에게 주었다는 걸 잊어버리면 안 됩니다. 그런데 이것이 당신의 아이를 갖더니 나를 얕잡아 보잖아요. 마치 내가 자기 종인 것처럼 멸시하잖아요. 내가 받는 이 멸시는 당신도 같이 받고 있다는 걸 아셔야 합니다. 그녀가 부인의 몸종이었다는 것은 맞지만, 이어지는 말들 가운데 맞는 것은 하나도 없었다. 그녀는 다른 사람 대신 남자의 침실로 들어가지 않았다. 아이를 가진 것은 맞지만 '당신의 아이'는 아니다. 얕잡아 본다는 말도 종처럼 멸시한다는 말도 모두 사실이 아니다. 그녀는 부인이 남편의 침실로 들어가라고 설득할 때 자기와 했던 약속들을 일부러, 어떤 점에서는 약간 교묘하게, 그 장면을 목도하지 않은 제삼자의 인식을 흐리게 할 목적으로, 부정하고 있다는 생각이 들었다. 부인에 대해 측은지심을 갖는 것과 근거 없이 오해와 누명을 뒤집어쓰는 것은 별개의 문제였다. 그녀는 자기 말을 들어달라고 청한 다음 마음에 담긴 말들을 토해냈다. 내가 무슨 잘못을 했는지 말씀해주십시오. 나는 아이를 가졌습니다. 그것이 잘못입니까? 나에게 어른의 침실로 들어가라고 할 때 아이를 원했던 것이 아닙니까? 그런데 아이가 들어서자 마치 아무도 원하지 않은 일을 내 멋대로 하기라도 한 것처럼 비난하고 괴롭힙니다. 이런 억지와 모순이 어디 있습니까? 부인은 신음소리 같은 걸 내며 자리를 떴고, 그는 애써 침착한 척 그 자리에 서 있더니 무슨 말을 할 듯 입을 달싹이다가 그대로 돌아섰다.

모든 것이 제자리로 돌아간 것처럼 보였다. 그녀는 자신의 온당한 주장에 두 사람이 설득된 거라고 판단했다. 아무 일도 없는 것처럼 되는 것, 그것이 그녀가 원하는 바였다. 나는 평평한 것이 좋아. 나는 이 집의 종으로, 그리고 아이의 어머니로 살 것이다. 그럴 수 있을 거라고 생각했다. 그러나 그녀가 순진하고, 그녀의 생각이 편의적이었다는 사실이 곧 드러났다. 그녀의 말들이 온당하지 않기 때문이 아니라 온당하기 때문에 더욱, 그들을, 특히 부인을, 궁지로 몰아넣을 수 있다는 점을 그녀는 고려하지 않았다. 부인의 괴롭힘은 전보다 더 심해졌다. 그러나 그런 것은 참을 수 있었다. 남편의 침실로 다른 여자를 밀어넣은 부인의 마음을 생각해서 참을 수 있었다. 그녀를 참을 수 없게 한 것은 부인의 더 심해진 괴롭힘이 아니었다. 부인의 응어리진 마음을 달래기 위해 그가 했다는 말이 전해졌을 때 그녀의 정신은 중심을 잃고 휘청거렸다. 당신 뜻대로 할 수 있는 사람이 아닌가. 당신이 원하는 대로 하라. 그것이 그가 부인에게 한 말이라고 했다. 믿을 수가 없었다. 물론 그 말을 그녀에게 전해준 사람은 그의 부인이었다. 그의 부인은 그녀를 괴롭힐 특권이라도 확보한 것처럼 도도하게 턱을 쳐들고 그 말을 했다.

그녀의 뱃속에는 이 집안의 유일한 상속자인 아이가 자라고 있었다. 믿을 수도 없고 납득할 수도 없었기 때문에 그녀는 사실을 확인하려고 했다. 그래야 할 것 같았다. 그녀는 그를 만나려고 했으나 좀처럼 만날 수가 없었다. 그가 그녀를 피한다고 생각할 수밖에 없었다. 만일 그녀를 피하는 것이 사실이라면, 믿고 싶지는 않지만, 이유 없이 학대받는 그녀를, 저간의 사정이 어떠하든, 모른 척하기로 결정한 것이라고 여길 수밖에 없었다. 그것은 또, 그녀를 괴롭히는 부인에게 당신 뜻대로 할 수 있는 사람이니 하고 싶은 대로 하라고 했다는 말이 사실일 가능성을 높이는 것이기도 했다. '하고 싶은 대로 하라'는 허용의 문장은 충격적이었고, 그 문장의 전제로 놓인 '당신 뜻대로 할 수 있는 사람'이라는 지칭은 모욕적이었다. 그녀는 그들에게, 특히 그에게 자기가 어떤 사람인지, 그들이, 특히 그가 그녀를 어떤 사람으로 간주하고 있는지 또렷이 인지했다. 그녀는 뱃속에 아이가 있음에도 불구하고 자기가 이 집 사람이 아니라는 사실 앞에서 망연해졌다. 이 집은 그녀가 떠나야 할 집이 되었다. 그녀는 결단해야 했다.

4.

그때 돌아가지 말았어야 했다. 어디로든 더 멀리 갔어야 했다. 그러나 한나절의 사막 위에 지쳐 주저앉아 있는 그녀를 찾아와 어디서 와서 어디로 가느냐고 묻고 그녀의 이름을, 크고 부드러운 손으로 쓰다듬는 것처럼 다정하고 압도적인 목소리로 부르던 그분은 그녀에게 온 곳으로 돌아가라고 타일렀다. 나는 그 집에서 도망나왔습니다. 그 집은 내 집이 아닙니다. 그 집은 내가 나온 곳이지 돌아갈 곳이 아닙니다. 그녀의 목소리는 울음 섞인 하소연이었다. 신은 그녀가 몸속의 울음을 다 토해내도록 기다린 다음 말했다. 네 집으로 돌아가거라. 너는 네 뱃속의 아이를 낳아야 한다. 그 집에서 낳아야 한다. 신의 목소리는 고요하고 웅장했다. 너무 고요해서 아무 말도 없는 것 같고 너무 웅장해서 천하가 흔들리는 것 같았다. 그 아이를 통해 내가 너에게 많은 자손을 주겠다. 네 자손이 셀 수도 없을 만큼 많아질 것이다. 그녀는 그것이 그가 떠나온 집의 주인에게 주어진 약속이라는 걸 알고 있었다. 신으로부터 하늘의 별만큼 많은 후손들을 약속받은 것은 그녀의 집주인이었다. 압니다. 내가 떠나온 집에 당신이 그런 약속을 했다는 것을 들었습니다. 하지만 이 아이는 내 아입니다. 그분이 웃었다. 웃음소리도 고요하고 웅장했다. 목소리가 다시 들렸다. 네 아이가 맞다. 너는 너의 아이를 낳게 될 것이다. 너는 너의 후손을 갖게 될 것이다. 너는 너의 후손이 사막의 모래처럼 불어나는 복을 받게 될 것이다. 내 약속은 바위처럼 단단하고 하늘처럼 영원하다. 그러니 네가 떠나온 네 집으로 돌아가거라. 그분의 목소리는 그녀의 어깨를 가만가만 두드리는 것 같았다. 신은 그 집의 주인 말고는 누구도 받은 적 없는 복을 그녀에게 약속함으로써 그녀를 설득했다. 당신이 내게 어떻게, 이 천한 나에게 어떻게 이렇게 엄청난 약속을 하시는 겁니까? 그 집의 사람들이 인정하지 않은 것을 그 집의 사람들이 섬기는 신은 인정했다. 너의 아이를 낳게 될 것이다. 너의 후손이 사막의 모래처럼 불어나는 복을 받게 될 것이다. 네 집으로 돌아가라. 그분은 그녀를 찾아와 자신을 그녀의 신이라고 선언했다. 주인의 신인 것처럼 그녀의 신이기도 하다고. 그렇게 말함으로써 주인과 그녀가 신 앞에서 차이가 없다는 것을 선언했다. 그 사실이 그녀를 다시 울게 했다. 울음을 멈추지 않은 채 그녀는 말했다. 나 같은 사람의 말을 들으시다니. 나 같은 사람을 살피시다니. 나 같은 사람을 찾아와 만나주시다니. 그녀는 그분을 살피시는 분이라고 불렀다. 그녀는 그분이 주신 약속을 가슴에 품고 그분이 인정한 그녀의 집으로 돌아갔다. 그리고 그 약속을 붙잡고 살았다.

그런데 왜 이렇게 되었는가. 신은 왜 이러시는가. 그때 그분의 말을 듣지 말았어야 했다고, 어떻게든 사막을 걸어 멀리 달아났어야 했다고, 돌아올 수 없는 곳으로 갔어야 했다고, 그분을 만나지 말았어야 했다고, 아들과 함께 쫓겨나 뜨거운 햇살 아래 지쳐 쓰러진 그녀는 후회했다.

음식은 떨어지고 물도 바닥이 났다. 허기는 참을 수 있었지만 갈증은 참을 수 없었다. 혀는 물론 식도까지 타들어가는 것만 같았다. 아들은 여러 번 쓰러졌다. 그러나 자기에게 지워진 운명을 받아들이겠다는 듯 울지도 않고 투덜거리지도 않았다. 그런 아들의 의젓함이 그녀의 마음을 더 아프게 했다. 그런 아들이 이제는 대견하지 않았다. 아들아, 너는 왜 울지도 않느냐. 왜 불평도 하지 않고 화도 내지 않느냐. 저주를 쏟아내야지, 왜 한마디 말도 하지 않느냐. 그녀는 공연히 아들을 향해 험한 말을 쏟아냈다. 그것은 아들이 아니라 자기에게 해야 할 말이었다. 아니, 자기를 향해 해야 할 말도 아니었다. 그녀는 자기가 울분을 쏟아내야 할 대상을 정확히 지목했다. 그 집에서 억울한 일을 당하는 내내 침묵했던 분. 땅의 신음소리가 하늘에서는 가장 큰 소리라고 했던 말을 떠올리며, 외롭고 슬픕니다, 내 부르짖음을 들어주십시오, 하고 하소연할 때도 묵묵부답이었던 분. 빈 들에서 비참하게 죽어가는데도 모습을 보이지 않고 목소리도 들려주지 않는 분, 그분을 용서할 수 없을 것 같았다. 원망은 사람에게서 그녀가 한때 살피시는 분이라고 호명했던 신에게로 옮겨갔다.

이것은 옳지 않습니다. 당신은 옳지 않습니다. 그녀는 땅에 주저앉은 채 하늘을 보고 외쳤다. 그때 왜 내 앞에 나타나셨어요? 그때 왜 내게 약속의 말을 하고 힘들게 떠나왔던 집으로 돌아가게 했어요? 이렇게 하려고요? 이렇게 아무도 모르게 죽게 하려고요? 이것이 당신이 원하는 것이라면, 좋습니다, 나는 여기서 죽겠습니다. 이것이 당신의 뜻이라면 그렇게 하겠습니다. 하지만 내 아들은 그렇게 하지 마십시오.

당신에게 조금이라도 자비심이 있다면, 나는 죽이고 내 아들은 살려주십시오. 그녀는 호소했다. 그러나 대답은 돌아오지 않았다. 하늘은 멀쩡하게 파랗고 땅은 죽은듯 고요했다. 바람도 불지 않았다. 내 아들이 나와 함께 죽어야 합니까? 그러면 당신의 그 약속, 바위처럼 단단하고 하늘처럼 영원한 그 약속은 어떻게 됩니까? 그것은 주인의 집으로 나를 돌려보내려는 속임수에 지나지 않았습니까? 그녀의 부르짖음은 공허한 메아리가 되어 돌아왔다. 하늘과 땅이 합세하여 옳지 않다는 그녀의 항의가 옳지 않다고 나무라는 것만 같았다. 그녀는 지쳤다. 울음도 말라 나오지 않았다.

아들은 뜨거운 햇볕 아래 바짝 마른 양가죽처럼 되어 땅바닥에 널브러져 있었다. 눈은 아까부터 감겨 있었다. 갈증을 호소하는 듯 달싹거리는 마른 입술과 가끔씩 입술 사이로 새어 나오는 옅은 신음만이 그의 생명이 아직 붙어 있음을 나타내고 있었다. 아직 죽지 않았다는 그 표시는 그러나 곧 죽을 거라는, 부정할 수 없는 표시이기도 했다. 내 아들이 죽어가는 모습을 볼 수가 없습니다. 그녀는 누구에게 말한다는 의식 없이 말했다. 누군가 들을 거라는 생각을 하지 않고 나온 그녀의 말은 거의 중얼거림에 가까웠다. 그녀가 죽어가는 아들을 위해 할 수 있는 일은 죽어가는 아들을 보지 않는 것 말고는 없었다. 그녀는 죽어가는 아들을 눈에 담지 않기 위해 눈을 감았다. 의식이 흐려지고 잠이 쏟아지려고 했다. 그녀는 잠에 빠지지 않으려고 필사적으로 눈을 부릅떴다. 그러나 그것은 마음뿐, 눈은 저절로 감겼다.

어느 순간, 문득 어디선가 가느다랗고 뿌연 연기 같은 것이 여러 갈래 피어오르는 것이 느껴져서, 그곳이 아들이 누워 있는 곳 같아서 그녀는 눈을 떴다. 눈이 떠진 거라고 생각했다. 그것은 제물을 태우기 전에 불길이 피어오르는 제단에서 본 것과 같았다. 그녀가 오랫동안 섬겨온 집안은 하란에서 이 땅으로 이주해왔다. 세겜과 베델, 네게브, 그리고 헤브론으로 옮길 때마다 주인은 새 거주지에서 제단을 쌓고 신에게 예배했다. 그때 필요한 것은 장작과 불과 어린양이었다. 장작에 불을 붙여 제물을 태울 때 제단에서 피어오르던 불길과 연기를 그녀는 선명하게 기억해냈다. 그녀의 몸이 저절로 떨렸다. 정녕 당신이 내 아들을 원하십니까? 그녀는 악에 받쳐서 소리질렀다. 체념과 항의가 뒤섞인 그 말은 밖으로 토해져나오지 않았다. 기력을 잃은 그녀의 입에서는 더이상 아무 말도 나오지 않았다.

그리고 가물가물해지는 의식 속에서 문득 그녀는 커다랗고 날카로운 울음소리를 들었다. 그 소리는 이제껏 완고하게 침묵만 지키던 하늘과 땅이 한꺼번에 내지르는 것처럼 무시무시했다. 한 번도 들어보지 못한 큰 소리였다. 하늘을 끌어내리고 땅을 들어올리는 것 같은 소리였다. 하늘과 땅의 거리가 좁아지고 종내에는 하나로 달라붙는 것 같았다. 온몸에서 전율이 일었다. 그 울음소리를 듣고 있기가 너무나 고통스러워서 그녀는 두 손으로 귀를 막았다. 귀를 막았지만 울음소리는 더 확실하고 크게 들렸다. 그녀는 울음소리를 피할 수 없었다. 피할 수 없지만 할 수 있는 일도 없었다. 그녀는, 아들아, 내 아들아, 하고 중얼거리기만 했다. 그녀의 목소리는 거의 밖으로 나오지 않았다.

그 순간 몹시 다급한 목소리가 그녀를 불렀다. 하갈아. 그녀보다 더 놀란 것 같은 목소리가 말했다. 왜 그러고 있느냐? 이 큰 울음소리가 들리지 않느냐? 어서 일어나서 아이를 안아라. 그녀는 탈진해서 눈도 뜨지 못한 채, 나더러 어쩌라고요, 죽어가는 내 아들 입에 물이나 축여주세요, 하고 중얼거렸다. 그녀는 자기에게 말하는 이가 누구인지 몰랐고 자기가 무슨 말을 하는지도 의식하지 못했다. 네 아이는 죽지 않을 것이다. 어서 일어나서 물을 마시게 해라. 목소리가 재촉했다. 거부할 수 없이 부드럽고 압도적인 목소리, 그분의 음성이라는 사실이 그제야 깨달아졌다. 당신입니까? 당신이 땅의 울음을 들으셨습니까? 하고 중얼거리며 그녀는 눈꺼풀을 힘겹게 밀어올렸다. 햇살이 눈을 찔렀다. 아무것도 보이지 않았다. 그녀는 다시 눈을 감았다. 그러자 우물이 보였다. 눈을 뜨면 보이지 않는 우물이 눈을 감으면 보였다. 그녀는 눈을 감은 채 아들을 안고 우물을 향해 달려갔다. 그녀가 떠나온 집의 종들이 양떼에게 물을 먹이기 위해 파놓은 우물이라는 걸 우물 곁의 표식을 통해 확인할 수 있었다.

5.

주인의 집에서 쫓겨난 하갈은 아들과 함께 광야에서 살았다. 아들은 광야에서 살면서 활을 쏘는 사람이 되었다. 신이 그들을 보살폈다.

사랑이 한 일

그후에 하나님이 아브라함을 시험하시려고 "아브라함아" 하고 부르시자 그는 "내가 여기 있습니다" 하고 대답하였다. 그때 여호와께서 아브라함에게 말씀하셨다. "너는 사랑하는 네 외아들 이삭을 데리고 모리아 땅으로 가 내가 지시하는 산에서 그를 나에게 제물로 바쳐라."
그래서 아브라함은 다음날 아침 일찍 일어나 나귀에 안장을 지우고 제물을 태울 나무를 준비하여 두 종과 자기 아들 이삭을 데리고 하나님이 지시하신 곳을 향해 떠났다.

—「창세기」 22장 1절-3절, 현대인의 성경

1.

그것은 사랑 때문에 일어난 일이다, 라고 아버지는 나에게 말하지 않았다. 그 일에 대해 아버지는 어떤 말도 하지 않았다. 마치 그 일이 실제로 일어나지 않기라도 한 것처럼, 아니면 말하지 않는 것이 일어난 그 일을 일어나지 않은 것으로 만들 수 있는 방법이라도 되는 것처럼, 그렇게 믿기라도 하는 것처럼 한마디 말도 하지 않았다. 아버지는 침묵을 택했고 그 시간은 봉인되었다. 그러면 그것이 사랑 때문에 일어난 일이라고 나에게 말해준 사람은 누구였을까? 그런 사람이 있기는 했을까? 그런 사람이 없었다면 나는 누구에게 그 말을 들었을까? 듣지 않았다면 나는 어떻게 그것이 사랑 때문에 일어난 일이라는 걸 알고 있는 것일까? 그 말은 나의 말이었을까? 내가 아버지의 입이 되어 아들인 나에게 말한 것일까? 아버지 대신 내가 나에게 말한 것일까? 내가 한 말을 내가 들은 것일까? 나는 나에게 왜 그 말을 한 것일까? 그것은 사랑 때문에 일어난 일이다, 라고 아버지가 말하는 것을 내 귀가 들어야 한다고 생각한 것일까? 그것은 사랑 때문에 일어난 일이다, 라고 아버지의 입이 말해야 한다고 생각한 것일까? 그래서 아버지의 입이 되었던 것일까?

2.

그것은 사랑 때문에 일어난 일이다, 라고 아버지는 나에게 말했다. 내가 너를 사랑하지 않았다면 그 일은 일어나지 않았을 것이다. 일어날 수 없었을 것이다. 왜냐하면 사랑이 없는 곳에서는 그런 일이 일어나지 않기 때문이다. 일어날 수 없기 때문이다. 내가 너를 사랑하지 않았다면, 사랑하더라도 조금만 사랑했다면 나는 그런 요구를 받지 않았을 것이다. 받을 필요가 없었을 것이다. 사랑하지 않는 아들을 바치라고 요구하는 신이 어디 있겠느냐. 사랑하지 않는 아들을 바치라는 요구가 어떻게 시험이 되겠느냐. 그분은 말씀하셨다. "너의 아들, 네가 사랑하는 외아들 이삭을 바쳐라." 신은 '네가 사랑하는' 외아들인 너를 바치라고 말했다. 그분이 직접 너의 이름을 불렀다. 사랑하지 않는 무엇이나 누구를 바치는 것은 힘들지 않지만, 그래서 요구되지 않지만, 사랑하는 무엇이나 누구를 바치는 것은 힘들다. 그래서 요구된다. 우리에게 요구되는 모든 것은 힘든 것이다. 아니다. 사랑하지 않는 무엇이나 누구를 '바치는' 것은 본질적으로 불가능하다. 사랑하지 않는 것을 누군가에게 주는 행위는 바치는 것이 아니라 버리는 것이기 때문이다. 바치는 모습을 취하고 있더라도 그것은 바치는 것이 아니다. 버리는 것이라고 늘 쉽지만은 않지만 바치는 것은 정말로 어렵다. 자기를 주는 상징적 표현이 바치는 것이기 때문이다. 자기를 주는 상징적 표현으로 자기가 사랑하는, 자기에게 속해 있으나 자기보다 소중한, 소중하게 여기는 무엇이나 누구를 주는 것이 바치는 것이기 때문이다. 자기에게 속해 있는 것 가운데 자기보다 소중하지 않은, 소중하게 여기지 않는 무엇이나 누구를 주는 것은 자기를 주는 행위일 수 없다. 자기에게 속해 있으면서 자기보다 소중한, 소중하게 여기는 것은 그가 사랑하는 무엇이나 누구이다. 사랑하는 무엇이나 누구만이, 오직 사랑만이 바쳐질 수 있다. 바치기가 어려운 것은 그 때문이다. 사랑하지 않을 때는 어렵지 않게 할 수 있는 일이 사랑하면 어렵게도 할 수 없게 된다. 그러니까 '바치라'는 명령문이 누구에 의해 나오든, 누구를 향해 나오든, 그것은 자기보다 더 큰 것, 자기보다 더 사랑하는 것, 자기를 주고라도 지키고 싶은 그 무엇이나 누구를 내놓으라는 요구이다. 그 요구는 그런 대상에 의해서만 촉발된다. 자기를 주고라도 지키고 싶은 것이 아니라면 그것은 '바치다'라는 동사에 값한다고 할 수 없다. 적어도 그런 것, 그런 무엇이나 누군가가 아니라면 신이 바치라고 요구할 리 없다. 신이 원하는 것은 최고이고 최선이다. 그것은 신이 최고이고 최선이기 때문이다. 우리는 신께 '바칠' 수밖에 없는데, 최고가 아니고 최선이 아닌 것을 바칠 수는 없다. 최고가 아니고 최선이 아닌 것을 내놓는 것은 바치는 것이 아니거니와 신이 요구하지도 않기 때문이다. 내가 너를 사랑하지 않았다면, 사랑하더라도 조금만 사랑했다면 신은 나에게 바치라는 요구를 하지도 않았을 테지만, 요구하지도 않은 것을 바칠 수는 없는 일이지만, 그래도 너를 사랑하지 않았다면, 사랑하더라도 조금만 사랑했다면 너를 바치는 것이 그렇게 고통스럽지는 않았을 것이다. 그것은 버리는 것이나 마찬가지라고 했지만, 그리고 버리는 것이라고 쉽기만 한 것은 아니지만, 그렇더라도 신의 법에 순종하며 사는 것 외에 다른 삶을 상상해본 적 없는 나에게 그것이 전혀 불가능하지는 않았을 것이다. 사랑하지 않았더라면, 조금 덜 사랑했더라면 말이다. 사랑이 관여되지 않을 때 순종은 문제가 되지 않는다. 사랑은 순종의 단순함을 휘젓고 헝클어서 복잡하게 만든다. 그러니까 아들아, 나는 너를 너무 사랑한 것이다. 사랑의 한도가 어디까지일까. 그런 게 있을까. 나는 모른다. 다만 신이 내가 그 한도를 넘었다고 판단한 거라고 판단할 뿐이다. 너를 너무 사랑해서 신이 너를 바치라고 요구한 거라고 받아들일 뿐이다. 내 사랑이, 내 지나친 사랑이 그 일을 만든 것이다. 신은 나에게 나를 바치라고 요구하지 않았다. 왜 그랬겠느냐. 나를 바치는 것은 쉽지 않지만 불가능하지는 않기 때문이다. 나에게 속한 것 가운데 가장 소중한 것, 나보다 더 소중한 것이 내가 아니었기 때문이다. 나는 나를 사랑하지만 바치지 못할 정도로 사랑하지는 않기 때문이다. 더 사랑하는 것이 있기 때문이다. 그분이 그걸 알았기 때문이다. 부정할 수 없는 사실을 확인하기에 이르렀다. 신이 원한 것은 불가능한 것을 하는 것이었다. 지나친 사랑 때문에 불가능해진, 불가능한 것이 되어버린 그것을 하라는 것이었다. 그것은 사랑 때문에 일어난 사건이다. 나는 너를 사랑하지 않거나 조금 덜 사랑했어야 했다. 그랬더라면 그 불가능한 요구를 받는 일은 없었을 것이다. 그렇지만 너를 사랑하지 않거나 조금만 사랑하기가 가능한 일이었겠느냐. 너는 만년에 내가 얻은 약속의 아들이다. 신은 너를 약속했고, 너를 통해 얻게 될 하늘의 별처럼 무수한 후손과 그 후손들로 인해 받을 영광을 약속했다. 그런 분이 어떻게 너를 바치라고 할 수가 있단 말이냐. 사랑은 참으로 무서운 것이다.

3.

그것은 사랑 때문에 일어난 일이다, 라고 아버지는 나에게 말했다. 그것은 사랑 때문에 일어난 일이다, 라고 아버지는 말하지 않았지만, 그 문장을 담은 아버지의 목소리는 내 안에서 생생하게 울린다. 맞아요, 그것은 사랑 때문에 일어난 일이에요, 라고 나는 아버지에게 말했다. 아버지의 신이 아버지를 사랑하지 않았다면 그 일은 일어나지 않았을 거예요. 일어날 수 없었을 거예요. 왜냐하면 사랑이 없는 곳에서는 그런 일이 일어나지 않으니까요. 일어날 수 없으니까요. "너의 아들, 네가 사랑하는 외아들 이삭을 바쳐라." 신은 아버지의 '사랑하는' 외아들인 나를 원하셨지요. 사랑하지 않으면서 그런 요구를 하는 신이 어디 있겠어요. 사랑 때문이 아니라면 신이 왜 그러겠어요? 아버지가 나를 사랑하고 지나치게 사랑한 것이 사실인 것처럼 그분이 아버지를 사랑하고 지나치게 사랑한 것도 사실이라는 걸 나는 알 것 같아요. 아버지가 나를 너무 사랑해서 그 일이 일어난 것처럼 그분이 아버지를 너무 사랑해서 그 일이 일어났다는 걸 알 것 같아요. 아버지가 나를 사랑한 것이 사실이라고 해도 그분이 아버지를 사랑한 것이 사실이 아니라면 그 일은 일어나지 않았을 거예요. 아버지가 나를 사랑하지 않았다면 바치라는 요구를 받지 않았을 테지요. 그분이 아버지를 사랑하지 않았다면 바치라는 요구를 하지 않았을 테고요. 네, 맞아요. 신은 사랑하지 않는 아들을 바치라고 요구하지 않는 분이지만 사랑하지 않는 아들에게 바치라고 요구하지도 않는 분이지요. 신이 바치라고 요구한 것은 아버지의 '사랑하는' 아들이 아니라 '사랑하는' 아들의 '사랑하는' 아들이었던 거라고 나는 생각해요. 그래요. 그분에게 아버지는 아들, 사랑하는 아들이지요. 사랑하는 아들을 바치는 것이 어려운 것처럼 사랑하는 아들에게 사랑하는 아들을 바치라고 요구하는 것도 어려워요. 더 어려워요. 자기에게 속해 있으면서 자기보다 소중한, 소중하게 여기는 무엇이나 누구를 주는 것이 바치는 것이라고, 사랑하는 무엇이나 누구만이, 오직 사랑만이 바쳐질 수 있다고 아버지는 말씀하시지요. 그래서 바치는 것이 힘들다고요. 사랑하지 않는 것을 내놓는 것은 바치는 것이 아니라고요, 그래서 힘들지 않다고요. 하지만 사랑하는 무엇이나 누구를 바치라는 요구 또한 사랑하는 이를 향해서만 주어지는 것이 아니겠어요? 사랑하는 이가 바치는 것을 받고 싶어하는 것 아니겠어요? 아무에게나 바치라고 요구하지 않는 것은 아무에게서나 받고 싶지 않기 때문이지요. 바치는 것이 사랑의 표현이라면 바치라고 요구하는 것은 더욱 큰 사랑의 표현이에요. 그것이 왜 힘들지 않겠어요? 바치는 것이 힘들다면 바치라고 요구하는 것은 더욱 힘들지요. 이중으로 힘들지요. 자기에게 속해 있으나 자기보다 소중한, 소중하게 여기는 무엇이나 누구를 바치라는 요구를, 자기에게 속해 있으나 자기보다 소중한, 소중하게 여기는 이에게 하는 것이니까요. 바치라고 요구하는 신은 실은 바치라는 요구를 받고자 하는 분이 아니겠어요? 아니 바치라고 요구하면서 신은 이미 바치라는 요구를 받고 있는 것이 아니겠어요? 혹시 아버지도, 어렴풋하게나마 그 사실을 알고 있지 않았나요? 그렇지 않다면, 장작과 불은 여기 있는데 제물로 바칠 어린양은 어디 있느냐고 내가 물었을 때 어떻게 그렇게 말씀하실 수 있었을까요? "그분이 요구하셨으니 그분이 마련하실 테지." 아버지는 그렇게 말씀하셨지요. 망설임 없이 그 말을 했다고는 생각하지 않아요. 그 어느 때보다 고통스러운 표정이 아버지의 얼굴에 나타났지요.

그렇지만 이 말은 엄청난 말이 아닌가요? 바치라고 요구하신 분이 바칠 것을 준비해야 한다니요. 명령을 하는 자가 명령을 수행하는 자가 되어야 한다는 이런 말을 어떻게 하실 수 있었나요? 바치라는 말을 하는 사람이 바치는, 바쳐야 하는 사람과 동일시되는 이런 상황을 어떻게 해석해야 해요? 의식을 했든 안 했든 아버지는 신의 마음을 읽고 있었던 거예요. 그분의 사랑의 마음을 짐작하고 있었던 거예요. 그렇게 생각하지 않을 수가 없어요. 그러니까 아버지인 신은 아들인 아버지를 너무 사랑한 거예요. 사랑의 한도가 어디까지일까요. 그런 게 있을까요. 저도 모르겠어요. 다만 아버지의 사랑이 한도를 넘었다고 판단한 것으로 추측되는 신 역시 한도를 넘었다고 저는 판단할 뿐이에요. 그러니까 신의 사랑이, 신의 지나친 사랑이 그 일을 만든 거지요. 신은 아버지에게 아버지를 바치라고 요구하지 않았어요. 그 대신 아버지의 지나친 사랑의 대상인 나를 지명했지요. 왜 그랬을까요? 아버지는 아버지에게 속한 것 가운데 가장 소중한 것, 아버지보다 더 소중한 것이 아버지가 아니었기 때문이라고, 아버지 자신을 사랑하지만 바치지 못할 정도로 사랑하지는 않기 때문이라고 하셨지요. 신이 원한 것은 불가능한 것을 하는 것이었다고요. 아버지의 신도 같은 생각을 하셨을 거예요. 그분은 자신에게 속한 것 가운데 가장 소중한 것, 자기보다 더 소중한 것이 자신이 아니라 아버지라고 여겼던 거예요. 아버지에게 속한 것 가운데 아버지보다 더 소중한 것이 나였던 것처럼요. 그러니까 나는 그분에게 속한 것 가운데서 가장 소중한 것이 되는 셈이지요. 신이 바치라고 요구하면서 바치라는 요구를 받고 있었다고 한 것은 그런 뜻으로 한 말이에요. 바쳐야 할 의무를 지고 있는 분은 바로 바치라고 말한 그분이었다는 사실이 어떻게 깨달아졌을까요? 그분이야말로 가장 고통스러웠다는 사실이 어떻게 깨달아졌을까요? 맞아요. 신이 원한 것은 불가능한 일을 하는 것이었어요. 아버지에게 불가능하기만 한 것이 아니라 그분 자신에게도 불가능한 일이요. 불가능한 것이 없는 그분에게도 그 일은 불가능한 일이었던 거예요. 그분은 지나친 사랑 때문에 불가능해진, 불가능한 것이 되어버린 그것을 하라는 요구를 스스로에게 하고 있었던 거예요. 그 불가능한 과제 앞에서 고뇌하며 어쩔 줄 몰라 하고 있었던 분이 아버지만은 아니었던 거예요. 그분이야말로 쩔쩔매고 있었던 거예요. 그러니까 아버지가 나를 제물로 드리기 위해 내 몸에 칼을 대려고 하는 순간 그렇게 놀란 목소리로, 그렇게 큰 목소리로, 그렇게 다급하게 멈추라고, 아무 일도 하지 말라고 소리쳤던 거지요. 맨발로 뛰어나온 것 같은 그 다급한 신의 목소리를 영원히 잊지 못할 거예요. 그것은 사랑 때문에 일어난 사건이 맞아요. 사랑만이 불가능한 것을 요구할 수 있고 요구받을 수 있지요. 아버지는 나를 사랑하지 않거나 조금 덜 사랑했어야 했어요. 아버지의 신은 아버지를 사랑하지 않거나 조금만 사랑했어야 했어요. 그랬더라면 그 불가능한 요구를 하는 일도 받는 일도 없었을 거예요. 그렇지만 사랑하지 않거나 조금만 사랑하기가 어떻게 가능하겠어요. 사랑은 참으로 무서운 거예요.

4.

그것은 사랑 때문에 일어난 일이다, 라고 아버지는 말하지 않았다. 아버지가 하지 않은 그 말을 나는 들었고, 그 뜻을 이해했다. 나는 누구의 말을 들었을까? 내 안에 말을 넣어준 이는 누구였을까? 일어나기 힘든 어떤 대단한 일은 사랑 때문에 일어난다. 사랑은 불가능한 것을 하라고 요구한다. 아버지는 아들을 바치라는 요구를 받았다. 아들을 사랑해서 일어난 일이다. 신은 아버지에게 아들을 바치라고 요구했다. 아버지를 사랑해서 일어난 일이다. 사랑 때문에 받은 이 요구는 사랑 때문에 이행하는 것이 불가능하다. 사랑하지 않거나 아주 많이 사랑하지 않았으면 받지 않았을 이 요구는 사랑하지 않거나 아주 많이 사랑하지 않는다면 이행하는 것이 불가능하지는 않은 요구이다. 아버지는 사흘 길을 걷는 동안 한마디 말도 하지 않았다. 나는 사흘 길을 걷는 동안 아버지에게 한마디 말도 걸 수 없었다. 아버지는 사흘 길을 걷는 동안 아무것도 먹지 않았다. 나는 사흘 길을 걷는 동안 아버지에게 먹을 것을 권할 수 없었다. 아버지의 얼굴은 어둡고 주름지고 황량했다. 바치려고 가는 그의 얼굴은 이미 바쳐진 사람의 얼굴이었다. 아버지 주변에 줄이 쳐진 것 같았다. 줄 안으로 발을 들여놓거나 말을 집어넣으면 무슨 일이 일어날 것 같았다. 아버지는 가까이 있었지만 따로 있었다. 아버지는 나와 같이 걸었지만 나와 같은 땅을 밟고 걷는 것 같지 않았다. 사막이 그의 얼굴에 들어가 있었다. 신이 바치라고 지시한 산을 향해 걷고 있었지만 그때 그가 한 일은 단순한 걷기가 아니라 영혼의 고투였다. 그것이 사생결단의 고독한 몸부림, 즉 기도였음을 이제 나는 안다. 고통으로 일그러진 그 얼굴을 나는 그전에 본 적이 없다. 다른 데서도 본 적이 없다. 아버지는 사랑 때문에 부여받았으나 사랑 때문에 할 수 없는 일을 하기 위해, 혹은 하지 않기 위해 싸웠다. 나는 아버지 앞에 놓인 거대한, 불가항력의 두 개의 바위를 본다. 사랑 때문에 할 수 없는 그 일을 그는 또 사랑 때문에 하지 않으면 안 되는 운명을 진 사람이었다. 그가 해야 하는 일은 불가능한 일이었지만, 그 일을 하지 않는 것 역시 불가능한 일이었다. 그가 해야 하는 일은 아들에 대한 사랑 때문에 불가능한 일이었지만, 그 일을 하지 않는 것은 신에 대한 사랑 때문에 불가능한 일이었다. 그는 바치는 것이 불가능했고, 바치지 않는 것도 불가능했다. 사랑은 그를 불가능한 사람으로 만들었다. 모든 것이 가능한 세계에서 어느 것 하나 가능하지 않은 세계로 사랑이 그를 밀어넣었다. 사랑이 관여되지 않을 때 순종은 문제가 되지 않는다. 사랑은 순종의 단순함을 휘젓고 헝클어서 복잡하게 만든다. 어느 순간 깨달음이 찾아왔다. 나는 그 사흘 동안 갑자기 성장했다. 아버지가 영혼의 고투를 벌이는 동안 내 안으로 묵상의 길이 깊이 열렸다. 나는 그 길을 따라 걸었다. 사흘 길을 걸은 후 눈앞에 지시한 산이 나타나자 아버지는 걸음을 멈추고 산꼭대기를 오랫동안 바라보았다. 나도 산꼭대기를 올려다보았다. 산은 우리를 내려다보고 있었다. 내 눈에는 보이지 않는 무언가를 아버지는 보는 것 같았다. 나는 그것이 무엇인지 알지 못한다. 나귀 등에 있던 장작을 내 등에 옮겨 지우고 자기 손에 불과 칼을 들고 아버지는 하인들에게 말했다. "나는 아들과 함께 저기로 가서 예배를 드리고 돌아올 테니 너희는 여기서 기다리고 있어라." 사흘 길의 여행중에 아버지가 처음으로 한 말이었다. 말을 마치고 아버지는 앞서서 걸어나갔다. 이제 길을 걷는 사람은 아버지와 나밖에 없었다. 아들과 함께 저기로 가서 예배를 드리고 돌아오겠다는 아버지의 말이 회오리바람처럼 뱅글뱅글 돌았다. 믿음과 의혹이 뒤섞인 가슴이 요동쳤다. 나는 최대한 침착하게 물었다. "장작과 불은 여기 있는데, 번제로 바칠 어린양은 어디 있습니까?" 밖으로 나온 내 목소리는 침착하지 않았다. 아버지의 얼굴 역시 침착하지 않았다. 사흘 길의 여행중에 그가 보여준 그 어떤 표정보다 참혹하게 일그러진 얼굴로 아버지는 하늘을 보았다. 아버지의 어둡고 주름지고 황량한 얼굴은 내 등에 지워진 장작과 같았다. 장작 위에 올려 태워진 제물과 같았다. 나는 깨달았다. 아버지의 고통스러운 얼굴은 불가능한 일을 해야 하는 사람의 얼굴이었다. 고통스러운 사랑의 얼굴이었다. 아버지는 나를 바칠 수도 없고 바치지 않을 수도 없는 사람이었다. 그분이 요구하셨으니 그분이 마련하실 테지, 하고 말하는 아버지의 목소리는 금방이라도 땅을 파고들어갈 것처럼 움츠러들었다. 그 순간 나는 내 안을 가득 채우고 있는 뜨겁고 벅찬 기운이 불이 되어 타오르는 것을 느꼈다. 그 불이 밖으로 나와 내가 지고 있는 장작에 붙을 것 같았다. 장작에 불이 붙으면 탈 것이다. 그것은 사랑이었다. 나는 내 사랑이 나에 대한 사랑으로 말미암은 아버지의 불가능을 가능으로 바꿀 수 있다는 생각을 하기에 이르렀다. 그 생각은 불길과 같았다. 나는 그 불길이 어디서 왔는지 짐작하지 못한다. 나는 아버지에게 내 안에서 생겨난 불에 대해 이야기하는 대신 그가 불을 들었고 내가 장작을 지고 있다는 사실을 일깨웠다. 내가 등에 지고 있는 장작은 아버지가 아침 일찍 일어나 손수 쪼개 만든 것이었다. 장작에 불이 붙으면 탈 것이다. 아니, 그럴 수 없다, 하고 고개를 젓는 것으로 보아 아버지는 내 말을 알아들은 것이 분명했다. 나 역시 아버지의 말을 알아들었다. 아버지는 그럴 수 없는 사람이었다. 그럴 수도 그러지 않을 수도 없는 사람이었다. 아, 번제로 바칠 어린양은 어디 있습니까? 하고 물을 때 내 등에 장작이 올려져 있다는 사실을 일깨워준 이는 누구였을까? 그것은 누가 눈앞에 들이댄 것처럼 또렷하고 확실한 인식이었다. 장작에 불이 붙으면 탈 것이다. 나는 바쳐질 것이다. 어떻게 그럴 수 있단 말인가. 나는 이 모순과 부조리로 가득찬 사랑의 명령 앞에서 이를 악물었다. 나는 수없이 고개를 저었다. 어떻게 그럴 수 있단 말인가. 그렇지만 또, 어떻게 그러지 않을 수 있단 말인가. 나는 수없이 고개를 끄덕였다. 사랑은 가능하던 것을 불가능하게 하고, 불가능한 것을 요구하게 하고, 불가능한 요구 앞에 서게 하지만, 그러나 또 사랑은…… 나는 사랑 때문에 불가능하던 것이 사랑 때문에 가능해지는 신비와 조우했다. 그것은 사랑 때문에 일어난 불가능한 일이고, 또 사랑 때문에 가능한 일이었다. 사랑은 참으로 무서운 것이다.

5.

그것은 사랑 때문에 일어난 일이다, 라고 아버지는 말하지 않았다. 그러나 말하지 않는다고 해서 있었던 일이 없었던 일이 되거나 없었던 일이 있었던 일이 되는 것은 아니다. 말하지 않는 것이 더 크게 말하는 방법이 되는 말이 있다. 사랑의 말이 그렇다. 무엇보다 사랑은 잘 말해져야 한다. 예컨대 말하지 않는 것과 같은 방식으로 말해져야 한다. 그것은 사랑 때문에 일어난 일이다. 사랑 때문에 시작되었고 사랑 때문에 이루어졌다. 나는 장작 위에 누웠고, 아버지는 칼을 들었고, 신은 놀라서 소리쳤다. "그 아이에게 아무 일도 하지 마라." 바치라는 명령은 아무 일도 하지 말라는 명령으로 대체되었다. '바쳐라'로 시작된 사건은 '아무 일도 하지 마라'로 끝났다. '바쳐라'가 사랑인 것처럼 '아무 일도 하지 마라'도 사랑이다. 아버지는 탈진해서 쓰러졌고, 나는 이미 죽은 것이나 마찬가지였으므로 꼼짝하지 못하고 오랫동안 장작 위에 올려져 있었다. 아버지의 말대로 되었다. "그분이 요구하셨으니 그분이 마련하실 테지." 그분이 마련하실 거라고 말할 때 아버지 마음속에 들어 있던 제물이 수풀에 뿔이 걸린 채 발견될 숫양이었는지 장작을 등에 지고 올라가고 있는 아들이었는지 나는 마음 쓰지 않는다. 다만 나는 아버지가 숫양이나 나를 생각하고 있지는 않았을 거라고 추측한다. 다른 어떤 희생양도 생각하지 않았을 거라고 나는 추측한다. 아버지가 생각한 것은, 그것이 무엇이든, 아니면 누구든, 그것의 이름, 즉 숫양이나 아들이나 다른 어떤 것이 아니라, 그저 그것을 마련할 책임이 그것을 요구하신 그분에게 있다는 사실이었을 거라고 나는 추측한다. 바치라는 요구를 하는 자가 바칠 것을 준비한다는, 준비하는 게 옳다는 이 문장은 바치라는 요구를 하는 자, 즉 바침을 받는 자와 바치는 자의 구별을 없애버리는 효과를 낸다. 바침을 받는 자가 동시에 바치는 자가 되는 현상이 발생한다. 간혹 바칠 것을 요구하는 신은 실은 항상 바치는 분이다. 바칠 것을 요구할 때 그분이 받으려 하는 것, 받기를 원하는 것은 그가 바친/마련한 것이지 다른 것이 아니다. 우리가 가진 모든 것이 받은 것, 그분이 바친/마련한 것이므로 우리는 다른 것을 바칠 수 없다. 우리는 그분이 바친/마련한 것 가운데서 어떤 것을 바칠 수 있을 뿐이다. 우리는 그분이 바친/마련한 것 가운데서 어떤 것을 바치거나 바치지 않거나 할 뿐이다. 신은, 너의 아들, 너의 사랑하는 외아들까지도 나에게 아끼지 아니하는 걸 보니 네가 나를 사랑하는 줄 이제 확실히 알겠다, 라고 아버지에게 말한다. 아버지에게 한 말을 나도 듣는다. 이 말은 놀랍다. 그분이 요구하셨으니 그분이 마련하실 테지, 하고 한 아버지의 말만큼이나 놀랍다. 신은 사랑의 고백을 하고 있다. 이 모든 일이 사랑 때문에 일어난 일임을 스스로 고백하고 있다. 사랑하는 이의 사랑을 확인하려는 마음보다 더 간절하고 절실한 것은 없다. 시험이라는 비순수의 형식을 취하고 있는 이 사랑보다 더 순수하고 큰 사랑은 없다. 비순수를 통해서 표현될 수밖에 없는 종류의 순수가 있다. 사랑이야말로 그러하다. 심지어 순수한 사랑일수록 그 표현이 더 순수하지 않아지는 아이러니가 발생한다. 순수하지 않은 것들이 순수한 것을 증명하기 위해 동원된다. 모든 비순수의 형식이 항상 내용의 순수함을 보증하는 것은 아니고 모든 순수의 형식이 항상 내용의 비순수함을 증명하는 것은 아니지만, 순수한 사랑의 표현은 뜻밖에 순수하지 않은 사랑의 증거가 될 가능성이 있다. 사랑하지 않거나 충분히 사랑하지 않은 사람을 누가 시험하겠는가. 누가 굳이 자신 안의 간절함과 초조함을 들키고 싶겠는가. 먼저 사랑하는 자가 사랑을 시험한다. 사랑을 시험하는 자는 이미 사랑하고 있는 자이다. 시험하는 이인 신이 사랑을 고백하고 있다는 것은 그런 뜻이다. 이 시험을 통과해야 하는 과제는 시험당하는 자에게만 주어진 것이 아니고 시험하는 자에게도 같이 주어졌다. 어떤 점에서는 그에게 더욱 주어졌다. 시험 결과에 대한 위험부담이 큰 쪽이 출제자이기 때문이다. 시험받는 자가 이 시험을 통과하지 못하는 것은, 이 시험이 사랑의 시험, 즉 이미 사랑하고 있는 자가 상대 역시 자기가 사랑하는 만큼 사랑하고 있는지를 알아보려는 시험이므로, 시험하는 자가 사랑의 확증을 받지 못하는 것을 뜻하기 때문이다. 자기가 사랑한 만큼 자기를 사랑하지 않는다는 사실을 통보받는 셈이 되기 때문이다. 그러므로 시험이 진행되는 동안 시험 출제자는 시험당하는 자가 이 시험을 통과하지 못할까봐 조마조마하고 안절부절못하게 된다. 시험하는 자가 시험당하는 자보다 덜 고통스럽다고 말할 수 없다. 그렇다면 여기서 정말로 시험당하는 자는 누구일까. 바치라고 요구하는 방법으로 기꺼이 바치기를 하고 있는 이 신은 시험을 함으로써 시험당하고 있는 것이 아닌가. 더욱 곤란하게도 이 시험은 자신의 실력과 의지로는 통과할 수 없다. 신의 시험 통과 여부는 철저하게 인간인 아버지의 시험 통과 여부에 달려 있다. 신은 인간인 아버지에게 전적으로 의존하지 않을 수 없다. 전능한 신은 사랑 때문에 완벽한 무능력자가 된다. 절대 자유를 가진 신은 사랑 때문에 절대적으로 부자유한 자가 된다. 아버지는 자기를 위해서만이 아니라 자기를 사랑하는 신을 위해서도 시험을 통과하지 않으면 안 되는 처지에 놓여 있었다. 나는? 나는 이 시험에서 제외되어 있었을까? 아니, 나는 이 시험이 나를 위한 시험이기도 하다는 사실을 신의 다급한 목소리를 듣고 깨달았다. "그 아이에게 아무 일도 하지 마라." 신이 아버지에게 아무 일도 하지 말라고 지시한 그 아이는 나다. 아버지는 나에게 아무 일도 하지 않아야 했다. 아버지가 이 불가능한 사랑의 시험을 받고 있는 동안 나 역시 받고 있었다. 아버지가 사흘 길을 걷는 동안 나도 같이 걸었다. 아버지가 불과 칼을 들고 산에 오르는 동안 나는 장작을 지고 올랐다. 그 죽음과도 같은 침묵의 시간을 같이 견뎠다. 아버지의 영혼의 고투 속으로 들어갔다 나왔다 하며 나는 나름대로 신과 싸웠다. 내 내부는 소란스러웠다. 나는 그 길을 벗어나 달아날 수 있었고 실제로 그런 유혹을 느끼기도 했다. 나는 나에게 들이닥친 뜻밖의 상황과 받아들일 수 있을 거라고 상상해본 적 없는 의외의 깨달음에 저항했다. 어떻게 그럴 수 있는가. 사랑이 어떻게 그렇게 잔인할 수 있단 말인가. 사랑이 어떻게 사랑하는 사람에게서 사랑하는 사람을 빼앗을 수 있는가. 사랑이 어떻게 사랑하는 사람을 버릴 수 있는가. 신을 빼앗는 자로, 아버지를 버리는 자로 단정하고 비난하는 동안 아들을 바치라는 지시는 가장 비인간적이고 불합리하고 부조리한 요구였다. 그 길에서 달아나기 위해서는 그와 같은 불만을 쌓는 것이 필요했다. 스올Sheol에라도 빠져 있는 것처럼 흉측하게 일그러진 아버지의 얼굴을 보며 어쩌면 아버지 역시 나와 같은 고민을 하고 있고, 차마 입 밖으로 꺼내지는 못하지만, 내가 아버지와 동행하는 이 길을 버리고 달아나주기를 속으로 바라고 있는지 모른다는 생각을 했다. 어쩌면 그것이 아들인 내가 아버지의 고뇌를 덜어줄 수 있는 유일한 방법일지 모른다는 생각도 했다. 유혹은 교묘했지만 그러나 나에게 들이닥친 뜻밖의 깨달음을 쓰러뜨리지는 못했다. 그 길은 의혹과 유혹을 불러냈지만 유혹에 넘어가지 않을 깨달음도 채워주었다. 그 길은 나를 성장시켰다. 나는 어른이 된 것 같았다. 아버지가 시험에 통과해야 하는 것처럼 나 역시 시험을 통과해야 했다. 아버지가 아버지인 신을 위해 시험을 통과해야 하는 것처럼 나 역시 그래야 했다. 아버지는 아들을 바쳐야 했고 아들인 나는 바쳐져야 했다. "그 아이에게 아무 일도 하지 마라." 그 결정적인 순간에 신은 다급하게 아버지를 말리고 나를 말렸다. 그분은 아버지의 손을 붙잡아 아무 일도 하지 못하게 함으로써 나에게 아무 일도 일어나지 않게 했다. 신은 가까스로 안도했다. 인간만큼 축소된 신은 우리들이 시험을 통과했기 때문에, 시험을 통과함으로써 그를 시험에서 통과시켜주었기 때문에 안도했다. 그 자리에 시험하는 이는 없었다. 사랑은 시험하는 것이 아니고 시험을 뛰어넘는 것도 아니고 시험 속으로 뛰어드는 것이다. 참으로 무서운 것이다.

6.

그것은 사랑 때문에 일어난 일이다, 라고 아버지는 말하지 않았다. 아버지는 아무 말도 하지 않았다. 그 일에 대해 아버지는 어떤 말도 하지 않았다. 마치 그 일이 실제로 일어나지 않기라도 한 것처럼, 아니면 말하지 않는 것이 일어난 그 일을 일어나지 않은 것으로 만들 수 있는 방법이라도 되는 것처럼, 그렇게 믿기라도 하는 것처럼 한마디 말도 하지 않았다. 나에게는 물론 누구에게도 말하지 않았다. 나는 아버지가 받았을 충격과 안도에 대해 생각한다. 그 아이에게 아무 일도 하지 말라는 신의 음성을 들을 때 아버지는 그 아이를 바치라는 음성을 들었을 때만큼 놀랐을 것이다. 요청하신 그분이 마련하실 거라는 믿음에도 불구하고 나는 아버지가 그 산에서 실제로 무슨 일이 일어날지 알지 못했다고 확신한다. 그 산에서 신이 무슨 일을 할지 몰랐다고 확신한다. 어쩌면 그 산에서 자기가 무슨 일을 해야 하는지도 몰랐을 수 있다. 산에 오르기 전에 아버지가 하인들에게 했던 말을 근거로 나는 이런 생각을 한다. "나는 아들과 함께 저기로 가서 예배를 드리고 돌아올 테니 너희들은 여기서 기다리고 있어라." 신이 요구한 것은 아들을 바치라는 것이었다. 그런데 그는, 아들을 바치고 돌아올 테니, 라고 말하지 않고, 아들과 함께 예배를 드리고 돌아오겠다고 했다. 그는 바치기 위해 산에 올랐다. 그러나 그는 바치기 위해 구체적으로 어떤 행동을 해야 하는지, 바치기가 어떤 과정과 절차를 통해 이루어지는지 상세하게 그려보지는 않았던 것 같다. 그 과정과 절차를 몰랐다는 뜻이 아니다. 거기까지는 차마 생각하지 않았을 거라는 뜻이다. 더 사실적으로 말하면, 그는 신의 뜻을 따라 아들을 바치려는 생각만 했을 뿐 실제로 바치는 순간이 올 때까지 짐승의 몸에 대해 그렇게 하듯 아들의 몸을 직접 갈라야 한다는 상상을 하지 않았던 것 같다. 그는 '아들과 함께' 예배를 드린다고 했지 아들을 바친다고 하지 않았다. 아버지는 예배가 곧 바치는 것임을 이해했다. 그런데 그 바치기, 즉 예배는, 아버지에게는 '함께'하는 것이었다. 아들을 내놓고 혼자 드리는 것이 아니라 아들과 함께 내드리는 것이었다. 아버지는 아들을 바치러 간 것이 아니라 '아들과 함께' 바치러 갔던 것이다. 바쳐지는 이는 아들만이 아니라 그 자신이기도 했던 것이다. 그래서 그 산에서의 예배/바치기가 가능했던 것이다. 그래서 그 산에서 무슨 일이 일어나든 상관하지 않을 수 있었던 것이고, 그래서 그 산에서 무슨 일이 일어날지, 무슨 일을 해야 할지 마음 쓰지 않았을 것이다. 마치 그 산에서 무슨 일이 일어날지 그조차 몰랐다는 듯, 그 아이에게 아무 일도 하지 말라고 다급하게 외치는 신의 음성을 들은 다음에야 그는 자기가 무슨 일을 하고 있는지, 무슨 일을 하려고 한 건지 마침내 자각하고 탈진해서 쓰러졌다. 뒤이어 안도감이 찾아왔을 것이다. 하려고 한 일을 하지 않아도 된다는 사실이 가슴을 쓸어내리게 했을 것이다. 안도감과 함께 찾아온 충격을 나는 충분히 상상할 수 있다. 그리고 그것이 아버지가 그 일에 대해 한마디도 하지 않는 이유라고 나는 생각한다. 자기가 하려고 했던, 신이 중단시키지 않았다면 하고 말았을 그 일을 떠올리지 않기 위해 그는 침묵을 택하고 그 시간을 봉인했다. 사랑 때문에 일어난 일이지만,

그 사랑은 말로 설명하기 어려운 것이다. 말로 설명하는 순간 말한 만큼 진실이 달아나버리는, 이를테면 지금의 내 말들처럼, 밖으로 나온 말들이 오히려 진실에 대한 허기를 부르는, 그 허기 때문에 다시 더 많은 말을 만들어야 하지만 그러나 아무리 많은 말로도 허기를 채울 수 없는, 그런 것이다. 아버지는 세상에 있는 모든 말들을 끌어온다고 해도 그날 일어난 사랑의 사건을 다 설명할 수 없다고 판단했을 거라고 나는 생각한다. 그것이 아버지의 침묵의 뜻이라고. 놀랍게도 그날 아버지는 나를 그 산에 내버려두고 혼자 집으로 갔다. 아마 하인들은 그에게 왜 혼자 돌아왔는지 물을 수 없었을 것이다. 아버지는 하인들이 마음대로 상상하도록 내버려두었다. 아니, 아버지는 그들이 무슨 상상을 하는지 신경쓸 겨를이 없었을 것이다. 사람들은 나 혼자 그 산에서 밤을 새웠다는 것을 모른다. 아버지는 나를 그 외딴곳에 떨어뜨리고 갔다. 함께 예배드리러 갔던 우리는 따로 떨어졌다. 어쩌면 그것이야말로 바치는 행위였을 거라는 생각을 지금은 할 수 있게 되었다. 바치는 것은, 자기에게 속한, 자기보다 소중하게 여기는, 그래서 한몸처럼 늘 붙어 있어 결코 떨어지지 않는 무엇이나 누구를 자기로부터 떨어뜨리는 양식으로 표현된다. 한몸처럼 붙어 있을 때 바치는 자는 바쳐지는 자와 구별되지 않는다. 그러니까 한몸처럼 붙어 있는 상태에서는 진정한 의미에서 바치는 것이 불가능하다. 바친 후에도 붙어 있다면, 여전히 소속되어 있고 의존하고 있다면, 그것은 참으로 바친 것이 아니다. 떨어뜨려짐으로써 나는 비로소 바쳐졌다. 아버지 역시 나를 떨어뜨려 나에게서 떨어짐으로써 바쳐졌다. 아버지는 예언의 말을 한 셈이다. "나는 아들과 함께 저기로 가서 예배를 드리고 올 테니……" 바치기/예배는 함께하는 것이다. 바침으로써 바쳐지는 것이다. 떨어뜨림으로써 떨어지는 것이다. 그날 밤, 별들이 캄캄한 하늘을 가득 채우고 있던 그 밤에 그 산에서 나는 신으로부터 많은 말을 들었다. 내가 알아들은 말은 아주 조금밖에 되지 않는다. 그 가운데서도 아주 조금밖에 옮길 수 없는 것이 내 한계다. 아니, 이것 역시 사랑 때문이기도 하다. 마음속이 가득차서 말하지 않을 수 없는데, 말을 하면 말한 만큼 달아나버려 아무리 많이 말해도 아주 조금밖에 말하지 않은 것이 되어버리는 신비. 말하지 않는 것을 통해 더 많이 말하게 되는 비밀. 그 밤 이후 나는 사색하는 사람이 되었다. 내 안에 들어온 말들이 성좌를 이루었다. 별들은 제 밝기로 빛나며 우주를 신비로 만든다. 그 산에서의 하루는 내 인생의 모퉁잇돌이 되었다. 내 인생의 집은 그 하루 위에 지어졌다. 하늘을 보고 들판을 거닐며 나는 내 안의 성좌들, 그 밤에 들었던 엄청난 말들을 되새긴다. 내 안에 더 깊은 길이 펼쳐져 있다. 내 사색 속으로 신의 음성이 끼어들면 나는 그 음성에 귀기울이고 그 음성을 풀기 위해 걷다가 멈추고 멈춰 있다가 걷는다. 나는 아직 그 밤에 들은 말들을 다 풀지 못했다.

허기와 탐식

그 아이들이 자라 에서는 능숙한 사냥꾼이 되어 들을 좋아하였고 야곱은 조용한 사람이어서 집에 머물러 있기를 좋아하였다. 이삭은 에서가 사냥해 온 고기를 좋아하였으므로 그를 사랑하였고 리브가는 야곱을 사랑하였다.

—「창세기」 25장 27절-28절, 현대인의 성경

이제 이삭은 나이가 많아서 눈이 어두워 잘 볼 수 없게 되었다. 그가 하루는 맏아들 에서를 불렀다. "에서야." "예, 아버지." "이제 나는 늙어 언제 죽을지도 모른다. 그러니 너는 활을 가지고 들로 나가서 사냥하여 내가 좋아하는 별미를 만들어 오너라. 내가 그것을 먹고 죽기 전에 너에게 마지막으로 축복해주겠다."

—「창세기」 27장 1절-4절, 현대인의 성경

1.

눈이 어두워 잘 볼 수 없게 된 이삭이 어느 날 맏아들인 에서를 불러 말했다. "아들아, 네 아버지는 이제 늙었다. 언제 죽을지 모르겠구나. 그러니 너는 나를 위해 화살통과 활을 메고 들로 나가 사냥을 해서 내가 좋아하는 요리를 만들어 가져오너라. 내가 그것을 먹고 죽기 전에 너에게 마음껏 축복하겠다." 이삭이 늙은 것은 사실이었다. 그러나 언제 죽을지 모를 정도로 약해진 것은 아니었다. 그는 적어도 이십 년을 더 살았다. 약해진 부분은 눈이었다. 그는 눈앞의 사물도 분간하지 못했다.

늙은 아버지는 큰아들에게만 이 말을 했다. 그의 다른 아들, 쌍둥이 동생인 야곱에게는 이 말을 하지 않았다. 축복을 예고하는 이 고지는 놀랍게도 차별적이다. "죽기 전에 너에게 마음껏 축복하겠다." 이 중요한 정보를 누군가는 듣고 누군가는 듣지 못한다. 듣는 사람은 들으려 해서가 아니라 들려주어서 듣는다. 듣지 못하는 사람은 들으려 하지 않아서가 아니라 들려주(려 하)지 않아서 듣지 못한다. 들은 사람은 예고된 축복을 받기 위해 필요한 준비(예컨대 아버지가 좋아하는 요리)를 하지만 듣지 못한 사람은 그럴 수 없다. 듣지 못한 사람은 무엇이 예정되어 있는지 모르고 무엇을 준비해야 하는지 모른다. 아들이 두 명뿐인데도, 심지어 그 두 명이 쌍둥이인데도 이런 일이 생긴다. 아버지와 자식 사이인데도 이런 일이 생긴다. 사람에게는 균형을 잡는 재주가 없고 사랑에게는 균형에 대한 감각이 없다. 사랑하는 사람은 균형을 잡을 줄 모르는 사람이다.

아버지는 오직 맏아들에게만 축복하려고 한다. 오직 너에게만. 동생은 말고. 그것이 그의 분명한 뜻이었다. 사랑 때문이었다. 그는 에서를 사랑했다. 그래도 그렇지, 그가 하려고 하는 것은 축복 아닌가. 이 아버지는 왜 굳이 한 아들만을 택해 축복하려 하는 걸까. 이 아버지가 하려는 일이 강복, 즉 복을 내려주는 것이 아니라 축복, 즉 복을 빌어주는 것이라는 점을 생각하면 이해하기 어렵다. 그가 마음껏 하겠다고 하는 것은 '복을 빌어주겠다'이지 '복을 주겠다'가 아니다. 그래서 의아하다. '주다'는 '가지다'와 묶여 있는 개념이다. 가지고 있는 것만 줄 수 있다. 많이 주려면 많이 가지고 있어야 한다. 많이 가지고 있으면서 적게 주는 것은 가능하지만 적게 가지고 있으면서 많이 주는 것은 불가능하다. 소유는 근본적으로 양과 수의 영역에 속하는데, 양과 수는 제한적이다. 엄청나게 많이 소유할 수는 있지만 무한히 소유할 수는 없다. 무한은 가장 많은 것이 아니라 셀 수 없는 것이다. 셀 수 없을 정도로 많이 소유할 수는 있어도 셀 수 없이 소유할 수는 없다. 양과 수의 영역 밖에 무한이 있다. 소유는 유한하다. 그러니까 가지고 있는 무엇인가를 주는 것은 불가피하게 제한적이고 상대적이다. 가지고 있는 한도 안에서만 줄 수 있다. 주면 준 만큼 줄어들고 받으면 받은 만큼 늘어난다. 그래서 이 사람에게 주기 위해서 저 사람에게는 주지 않거나 이 사람에게 많이 주느라고 저 사람에게는 조금밖에 줄 수 없는 일이 생긴다.

그러나 '빌어주다'는, '주다'와는 달리, '가지다'와 아무 상관이 없다. 복을 빌어주는 것은 복을 주는 것과 다르다. 가지고 있어야만 빌어줄 수 있는 것이 아니고 가지고 있지 않다고 해서 빌어줄 수 없는 것도 아니다. 더구나 복이라니! 인간은 복을 가지고 있지 않기 때문에 줄 능력도 없다. 다만 빌 수 있을 뿐이다. 복을 가지고 있어서 줄 수 있는 능력을 가진 분에게 복을 달라고 빌 수 있을 뿐이다. 복은 사람에게 속하지 않을 뿐 아니라 양과 수의 영역인 소유에 속하지 않기 때문에 제한적이지도 않고 상대적이지도 않다. 소유의 유무나 많고 적음에 구애받지 않고 제한 없이 빌어주는 것이 가능하다. 이 사람에게 복을 빌어주었기 때문에 저 사람에게 복을 빌어주지 못하거나 이 사람에게 많이 빌어주느라고 저 사람에게는 조금밖에 빌어주지 못하는 일은 생기지 않는다. 복은 무한하다. 그런데 이 아버지는 마치 복을 빌어주는 것이 소유의 영역에 속하는 일인 것처럼, 무한하지 않은 것처럼, 빌어주는 것이 아니라 주는 것처럼, 이 사람에게 복을 빌어주면 저 사람에게는 그럴 수 없게 되기라도 하는 것처럼 한 아들만 선택해서 축복하겠다고 선포한다.

한 아들이 선택됨으로써 자연스럽게 다른 아들은 제외된다. 균형에 대한 감각을 모르는 사랑의 속성이 아버지와 자식 사이에서도 예외 없이 적용된다. 편애는 비정상적인 사랑의 한 방식이 아니라 지극히 자연스러운 사랑의 일반적 현상이다. 이런 사랑의 속성을 감안하면 공평하게 사랑한다는 사람의 말은 누구도 진심으로 사랑하지 않는다는 말과 동의어일 가능성이 높다. 그러니까 왜 나를 사랑하지 않나요? 하고 항의하거나 왜 나를 누구처럼, 누구만큼, 누구보다 사랑하지 않나요? 하고 따지지 말아야 한다. 사랑을 요구할 권리는 누구에게도 없다. 혈육이나 법이나 제도나 관습이 의무나 역할을 강제할 수는 있지만 사랑을 그렇게 할 수는 없다. 자발적인 것만이 사랑이다. 자발성은 매끈하거나 일률적이지 않고 울퉁불퉁하다. 매끈하고 일률적인 것은 비자발적인 것, 부과된 것, 만들어진 것, 강요된 것이다.

그러니까 편애한다는 사실을 나무랄 수는 없다. 하지만 편애의 이유를 물을 수는 있지 않을까? 예컨대 당신이 이 사람은 사랑하고 저 사람은 사랑하지 않는 이유, 이 사람은 더 사랑하고 저 사람은 덜 사랑하는 이유가 무엇인가, 하고 질문할 수는 있지 않을까? 왜냐하면 이 질문은 사랑에 대한 질문이 아니고 선택에 대한 질문이니까. 사랑에 대해서는 질문할 수 없지만 선택에 대해서는 질문할 수 있으니까. 사랑에 대해서는 대답할 수 없거나 하지 않아도 되지만 선택에 대해서는 대답할 수 없거나 하지 않아야 할 이유가 없을 테니까. 사랑의 속성 가운데 말할 수 없는 부분이 있는 것은 사실이지만, 선택의 속성에 그런 것이 있다고 말할 수 없다. 그 이유가 이해할 만한지 그렇지 않은지 따지는 것이 사랑을 해친다고 할 수 없다. 그러니까 아버지 이삭은 왜 에서를 사랑하는가, 왜 에서만 사랑하는가, 왜 에서만 사랑하고 야곱을 사랑하지 않는가, 그 선택에 이유가 있는가, 있다면 무엇인가, 하고 물어보는 것은 사랑에 대한 영역 침해가 아니다.

에서는 쌍둥이 형제 가운데 형이고 이 집안의 장자라는 사실이 이유가 될 수 있을까. 그것이 이 선택의 이유라는 단서는 어디에서도 찾아볼 수 없다. 그도 그렇게 말하지 않고 누구도 그렇게 말하지 않는다. 당시의 관습에 비추어 그랬으리라고 추측할 수는 있지만 이 추측에는 근거가 없다. 장자에게 주어진 권한과 특혜가 사랑과 혼동되어서는 안 된다. 모든 장자들이 과도한 권한을 부여받고 특혜를 누린 것은 아마 사실이겠지만 모든 장자들이 부모의 사랑을 받은 것은 아마 사실이 아닐 것이다. 사랑은 권한과 특혜의 대상이 될 수 없다. 장자의 권한과 특혜의 항목에 사랑은 포함되지 않는다. 아버지의 사랑을 독차지한 이 집의 장자인 에서만 해도 어머니의 사랑은 받지 못했다. 어머니 리브가는 장자인 에서를 사랑하지 않고 동생인 야곱을 노골적으로 사랑했다. 그 이유는 확실하지 않다. 그녀는 누구에게도 그 이유를 말하지 않는다. 아버지의 사랑으로부터 배제된 둘째에 대한 연민과 벌충의 뜻이 있었을지 모른다. 아들들이 아직 그녀의 뱃속에 있을 때 들었던 신의 계시—"형이 동생을 섬길 것이다."—가 그녀의 마음을 지배했을 수도 있고, 밖으로만 쏘다니는 큰아들에 비해 집안에 머무는 것을 좋아해 곧잘 자기의 말 상대가 되어주는 자상하고 조용한 성격의 둘째에게 더 마음이 끌렸다고 해도 이상할 것은 없다.

어머니의 사랑의 이유는 확실하지 않지만 아버지의 이유는 확실하다. 확실하지 않은 어머니의 이유는 확실하지 않은 채 그럴듯하지만 확실한 아버지의 이유는 확실한데도 그럴듯하지 않다. '아들이 사냥해온 야생동물 요리에 맛들여서'라는 건 아버지가 아들을 사랑하는 이유로 내세울 만하지 않아 보인다. 하지만 이 아버지는 이 그럴듯하지 않은 이유 말고 다른 이유는 내세우지 않는다. 이삭은 에서가 사냥해온 고기에 맛을 들이더니 에서를 사랑했다. 동생은 성격이 차분해서 주로 집에서 지냈지만 형은 날쌘 사냥꾼이 되어 거의 항상 들에서 살았다. 그는 단순하고 활발하고 대범했다. 그는 잠시도 가만히 있지 못하는 성격이었다. 사냥을 좋아했고 사냥에 소질도 있었다. 그는 사냥을 해서 잡아온 고기를 요리하는 걸 좋아했고, 자기 요리를 맛있게 먹어주는 사람을 좋아했다. 이삭이 그런 사람이었다. 그는 아들이 해준 요리를 먹는 걸 좋아했다. 아버지는 이 아들을 사랑하지 않을 수 없었다.

아버지의 사랑을 결정한 것이 정말로 음식이란 말인가, 라고 다시 질문하게 되는 것은 이 대답이 어쩐지 미진하고 허전해서 무슨 이유에서건 다 말하지 않은 무언가가 있는 것 같기 때문이다. 있어야 할 것 같기 때문이다. 먹는 것이 중요하다는 걸 누가 모를까. 하지만 이런 식으로, 그러니까 자식에 대한 아버지의 편애를 결정하는 요인이 되는 정도로 중요하지는 않다는 것 역시 누구도 모르지 않는다. 어떤 음식을 좋아할 수 있고 그 음식을 만들어준 사람을 좋아할 수도 있지만, 그 경우에도 사랑을 유발하는 것은 음식을 통해 전달되는, 음식을 만든 사람의 정성과 마음이지 음식의 맛은 아닐 것이다. 음식에 대한 어떤 취향이나 특별한 기호가 사랑의 결정적인 요인이 된다는 말은 들어본 적이 없다. 음식에 대한 기호는 기존의 사랑을 튼튼하게 하거나 느슨하게는 할 수 있지만 없는 사랑을 만들거나 있는 사랑을 없애지는 못한다. 음식에 대한 기호는 사람이 누군가를 사랑하기로 결정하는 데 결정적인 요인이 될 수 없고, 혹시 어떤 역할을 한다고 해도 그 영향은 아주 미미하다고 할 것이다. 그러므로 아버지의 사랑을 결정한 것이 아들이 해주는 음식이라는 이 문장이 가리키는 것은 특정 음식에 대한 아버지의 기호라기보다 음식 전반에 대한 그의 태도라고 이해하는 것이 더 타당해 보인다. 이를테면 음식에 대한 과도한 집착 같은 것.

이는 미식과는 다르다. 미식가는 자기가 좋아하는 음식을 찾아다니며 먹는 사람을 일컫는다. 미식가가 가지고 있는 것은 남들과 구별되는, 맛에 대한 유난스러운 취향이다. 이 취향은 특정 음식에 과도하게 집착하는 것처럼 보이기도 하지만, 본질은 집착이 아니라 까다로움이다. 미식가를 다른 사람과 구별하는 것은 음식에 대한 집착이 아니라 음식에 대한 까다로움이다. 미식가는 아무것이나 먹지 않고 가려서 먹는다. 그들이 먹고 싶은 음식을 찾아 여기저기 다니는 것은 까다로움 때문이지 집착 때문이 아니다. 식욕은 미식과 더욱 관계가 없다. 입맛에 맞는 음식을 구하기 힘들어서 찾아다니는 것이지 배불리 많이 먹기 위해서 그러는 것이 아니다. 미식가는 음식에 집착하는 사람이 아니라, 굳이 말하자면 자기의 취향에 집착하는 사람이다. 취향, 즉 미식은, 기존의 사랑을 튼튼하게 하거나 느슨하게 할 수 있을지 몰라도, 사랑을 결정할 수는 없다. 없는 사랑을 만들어낼 수는 없다.

그러나 음식에 대한 집착, 즉 탐식은 다르다. 탐식의 자리는 미식의 옆이 아니라 반대편이다. 미식은 음식에 대해 까다룹지만 탐식은 그렇지 않다. 미식은 독특하거나 유난스러운 기호를 동반하지만 탐식에는 기호라는 동반자가 아예 없다. 미식가가 섬세하고 예민한 감각의 소유자라면 탐식가는 크고 조급한 위장의 소유자다. 미식가는 좋아하는 음식을 더 맛있게 먹기 위해 다른 음식에 손대지 않는 절제와 인내를 가지고 있지만 탐식가는 조급하고 참을성이 없기 때문에 눈앞의 음식을, 그 음식이 무엇이든, 내버려두지 못한다. 그에게 좋아하는 음식이 없다는 뜻이 아니다. 자기가 좋아하는 음식을 더 맛있게 먹기 위해 다른 음식에 손대지 않을 참을성이, 미식가와는 달리 없다는 뜻이다. 탐식가의 특징은 좋아하는 음식이 없는 것이 아니라 좋아하는 음식이 아니어도 먹는다는 것이다. 거의 항상 배가 고프지만 배가 고프지 않을 때에도 거의 항상 먹을 것이 필요하다는 것 역시 탐식가를 타인과 구별하는 요소이다. 위장의 요구는 절실해서 좀처럼 피하기 어렵지만 위장을 향한 요구 또한 만만치 않다. 아니, 후자의 요구가 더 압도적이다. 위장이 요구해서 먹기도 하지만 위장을 재촉해서 먹기도 한다는 뜻이다. 위장이 꽉 차 있는 상태에서도 음식 공급에 대한 욕망이 생기는 것을 달리 설명할 길이 없다. 이것은 위장의 필요와 무관하다. 음식물로 위장이 가득차 있는데도 허전하고 공허하다면 이것은 누구의, 무엇의 필요인가. 위장에 빈 공간이 없는데도 여전히 음식을 갈구한다면 이 갈구는 어떤 공간을 채우기 위한 갈구인가. 위장은 꽉 찼는데 어디가 비어 있어서 어디를 채우려고 음식을 탐하는가. 탐식하는 자는 대답하지 못한다. 모르기 때문이다. 어디가 비어 있는지 안다면 그곳을 채울 것이다. 그러나 어디가 비어 있는지 모르기 때문에, 어디가 비어 있는지 모르지만 어딘가 비어 있는 것은 확실하기 때문에 음식을 찾고 부르고 음식에 손을 대고 이미 꽉 차 있는 위장 속으로 집어넣는다.

그는 음식으로 위장을 채운다. 그렇지만 그가 정말로 채우려고 하는 것이 위장일까? 그가 정말로 자기 안의 빈 곳을 메우기 위해 집어넣고자 하는, 집어넣어야 하는 것이 음식일까? 빈 곳이 어디인지 모르고 그곳을 무엇으로 채워야 할지도 모르기 때문에 손쉽게, 혹은 우연히 위장과 음식이 선택된 것이 아닐까? 그렇다면 탐식가에게 음식은 일종의 메타포, 어쩌면 증상이라고 하는 것이 옳지 않을까? 이 점은 미식가에게 음식이 절대로 메타포일 수 없는 사실과 대립한다. 미식가가 먹고, 먹기를 원하는 것은 그가 유난히 좋아하는 어떤 종류의 구체적인 음식이지 메타포가 아니다. 미식가의 까다로움은 그가 먹을, 먹으려고 하는 구체적인 특정의 음식에 대한 까다로움이지 다른 것이 아니다. 미식가가 까다롭게 골라 먹는 음식이 만족시키는 것은 그의 위장이지 다른 것이 아니다. 그가 좋아하는 음식이 위장에 들어갔을 때 미식가는 포만감을 느끼고 만족한다. 그의 음식은 위장을 만족시키기 위해 선택되고 삼켜진 것이다. 위장이 가득차 있는데도 여전히 허기가 져서, 어딘가 허전하고 공허해서 다른 음식을 더 찾고 마구 집어넣는 미식가는 없다.

음식 섭취가 어떤 만족감도 주지 않는다는 것이야말로 탐식가에게 음식이 일종의 메타포, 혹은 증상이라는 분명한 증거이다. 과식과 식탐은 불만족의 원초적 표현이다. 그는 만족하지 못하기 때문에 먹는 것을 멈추지 못한다. 무엇에 대해서든 만족한 자는 멈춘다. 무엇에 대해서든 만족하지 못한 자는 멈추지 못한다. 그런데 이 불행한 사람의 불만족은 음식에 대한 것이 아니기 때문에 위장이 가득찬 다음에도, 즉 위장이 만족한 다음에도 멈추지 못한다. 위장은 한정되어 있다. 위장에 빈 공간이 없을 정도로 음식이 들어갔다면 충분히, 즉 만족스럽게 먹은 것이다. 그런데도, 더 만족스러울 수 없을 만큼 위장 가득 음식물을 섭취하고도 만족스럽지 않다면 그 불만족은 음식에 대한 것이 아닌 것이 분명하다.

어떤 요인에 의해서 항상성 유지가 어려워지면 우리 몸은 신체의 특정 부위에 어떤 증상을 일으킨다. 대개는 신체 가운데 가장 약한 부분이 선택된다. 가장 약한 부분은 사람마다 달라서, 가령 어떤 사람에게는 두통이 생기고, 어떤 사람에게는 위나 장에 염증이 생긴다. 어떤 사람은 잠을 못 자고 어떤 사람은 잠만 잔다. 어떤 사람은 무릎이 아파 걷지 못하고 어떤 사람은 목이 부어 말을 하지 못한다. 어떤 사람은 먹는 것을 거부하고 어떤 사람은 아무것이나 끊임없이 먹어댄다. 같은 요인이 사람에 따라 다른 증상으로 나타나기도 하고, 각기 다른 요인이 한 사람에게 같은 증상으로 표현되기도 한다. 이 경우 두통이나 위염이나 수면장애나 거식이나 식탐은 머리나 위장의 문제와 관계없이 생긴다. 진통제나 염증약이나 수면제가 본질적인 치료 수단이 되지 않는 이유이다. 병의 원인을 찾을 수 없을 때 사용되는 대증요법은 증상의 완화만을 목표로 한다. 진통제를 쓰면 두통이 사라지는 경우가 있지만, 두통을 만든 요인이 사라지지 않는 한 머리의 통증은 언제든 다시 찾아온다. 더 많은 진통제를 필요로 하는 통증이 찾아올 것이다. 음식을 섭취하면 배고픔 증상이 일시적으로 사라지는 경우가 있을 수 있지만, 그 증상을 일으킨 본질적인 요인이 해결되지 않는 한 곧 더 많은 음식을 필요로 하는 허기가 찾아올 것이다. 점점 심해질 것이다. 걷잡을 수 없어질 것이다. 마침내 그는 상시적인 허기에 사로잡힌 사람, 중심이 위장인 사람, 식탐이 전부인 사람이 될 것이다. 그것이 그 사람의 모든 것을 결정하고 이끌고 좌우하게 될 것이다. 사랑까지도 결정하고 이끌고 좌우하게 될 것이다.

아버지 이삭은 큰아들 에서가 사냥해온 야생동물로 만든 음식 때문에 그를 사랑했다. 이것 말고 그가 사랑받을 다른 어떤 매력도 제시되지 않은 것은 이 아들을 좀 의기소침하게 만드는 면이 있지만, 그러나 이해할 수 없는 일이 아니고 아무렇지 않게 넘길 일도 아니다. 사랑받기 위해 어떤 대단한 매력이 꼭 필요한 것은 아니다. 왜 사랑하는지 모르는 채 사랑하는 일이 이상하지 않은 것처럼 왜 사랑받는지 모르는 채 사랑받는 것도 이상하지 않다. 사랑은 공로나 업적을 통해 획득하는 상품이 아니기 때문이다. 그러니까 에서가 사랑받을 만한 어떤 요소도 가지고 있지 않았음에도 불구하고 아버지의 사랑을 받았다고 한다면 그 문장을 시비할 수 없다. 그런 일은 흔하고 일반적이니까. 이 집안의 어머니는 작은아들을 그렇게, 이유 없이 사랑했다. 그런데 아버지는 큰아들을 그가 만든 음식 때문에 사랑했다. 아들을 사랑한 것이 오직 그가 사냥해서 만든 음식 때문이라는 것은 흔하지 않고, 일반적이지 않다. 사랑이 작동하는 일반 법칙에 어울린다고 할 수 없다. 그래서 무시할 수 없지만 그래서 자연스럽지 않다. 물론 이 부자연스러움은 사랑받는 아들로부터 오는 것이 아니라 사랑하는 아버지로부터 온다.

큰아들이 언제부터 사냥을 시작했는지는 알려져 있지 않다. 아무리 활기차고 밖에서 노는 것을 좋아하는 성격이었다고 해도 아주 어릴 때부터는 아니었을 것이다. 활을 쏘고 고기를 잡아오려면 상당히 나이가 들어야 할 것이다. 그러면 사냥한 고기 요리 때문에 아들을 사랑한 이삭은 아들이 사냥을 해서 요리를 만들기 전에는 사랑을 하지 않았단 말인가. 안타깝게도 그런 것 같다. 에서가 사냥감으로 요리를 해서 먹게 하기 전에 아버지가 이 아들을 사랑했다고 추측할 만한 근거를 찾을 수 없다. 적어도 어릴 때부터 다른 아들보다 이 아들을 더 사랑했다고 추측할 수 없다. 그랬을 수도 있지만 그러지 않았을 수도 있다. 아들들이 어렸을 때, 즉 큰아들이 사냥을 해서 잡은 고기를 요리해서 가져오기 전에 그가 누구를 더 사랑했는지는 말할 수 없다. 그의 사랑을 결정한 것이 음식이라는 건 부정할 수 없는 사실이다.

2.

늙어서 눈이 어두워 잘 볼 수 없게 된 이삭이 어느 날 맏아들 에서를 불러 말했다. "아들아, 네 아버지는 이제 늙었다. 언제 죽을지 모르겠구나. 그러니 너는 나를 위해 화살통과 활을 메고 들로 나가 사냥을 해서 내가 좋아하는 요리를 만들어 가져오너라. 내가 그것을 먹고 죽기 전에 너에게 마음껏 축복하겠다."

아버지는 요리를 만들어오면 그걸 먹고 나서 마음껏 축복하겠다고 말한다. 어쩐지 이 말은 마음껏 먹은 다음에 축복하겠다는 말로 들린다. 마음껏 먹어야 축복할 수 있다는 말로 들린다. 포만이 축복과 결부되어 있는 것처럼 느껴진다. 포만이 축복의 조건인 것처럼 느껴진다.

만일 메타포, 혹은 증상이 어떤 사실에 대한 우회적 표현이라면, 그의 탐식 증상의 원인이 무엇인지는 탐색의 대상이 될 만하다. 탐색은 드러나 있지 않은 것을 들쑤셔서 찾아내는 작업이다. 그런데 안타깝게도 이 요란한 작업을 통해 실체를 온전히 파악하게 되는 경우는 드물고 대개는 드문드문 널려 있는 조각이나 흐릿한 흔적을 발견하는 데 그친다. 이어붙이거나 조각을 맞추는 작업이 중요해지는 이유이다. 그 때문에 이 작업은 때때로 상상력을 필요로 한다. 발견된 조각이나 흔적이 실체를 파악하기에 턱없이 모자랄 때 특히 그렇다. 물론 그런 경우의 이점이 없는 것은 아니다. 너무 많은 조각과 흔적은 너무 많은 가능성을 암시함으로써 혼란과 오리무중을 야기하지만 충분하지 않은 조각과 흔적은 암시하는 가능성이 매우 적기 때문에 혼란과 오리무중에 빠질 염려가 적다. 길이 너무 많으면 어떤 길도 가지 못하는 것과 같은 이치이다. 실체 파악이 유추와 가정의 몫이 되는 경우가 많다는 사실을 감안하면 충분하지 않은 재료들이 오히려 실체를 유추하는 데 유리할 수 있다는 결론도 가능해진다.

이삭은 청소년기에 치명적인 사건을 겪었다. 그가 겪은 것과 비슷한 경험을 한 사람은 혹시 있을지 모르지만 똑같은 경험을 한 사람은 한 명도 없을 것이다. 그의 아버지는 그를 제단에 번제로 바치려고 했다. 이삭은 자기를 태우는 데 사용될 장작을 지고 아버지와 함께 산에 올랐다. 신의 충실한 숭배자였던 그의 아버지는 사랑하는 아들을 제물로 바치라는 신의 지시를 거역하지 못했다. 물론 고뇌와 갈등이 없었던 것은 아니다. 아들에 대한 사랑과 신의 명령에 대한 복종 사이에서, 인간의 도리와 신의 뜻 사이에서 아버지는 죽을 것 같은 고통을 겪었다. 신의 충실한 신봉자인 그는 신이 명령한 일을 해야 했고 늙은 나이에 얻은 외아들을 사랑하는 아버지인 그는 그 일을 할 수 없었다. 그가 해야 하는 일은 그가 할 수 없는 일이었다. 신이 지시한 산을 향해 가는 사흘 동안 그의 영혼은 칠흑처럼 어두워지고 가시나무가 할퀸 것처럼 너덜너덜해졌다. 그렇지만 결국 아버지는 오랫동안 몸에 익은 복종의 인도를 따라 움직였다. 그는 아들을 묶어 장작더미 위에 올려놓았고 칼을 들었다. 다급한 신의 목소리가 아버지의 행동을 제지해서 아들의 몸이 쪼개지고 불에 태워지는 일은 일어나지 않았지만, 이삭은 그때 이미 죽음을 맛보았다. 그는 살아 있지만, 죽지 않았기 때문에 살아 있는 것이 아니라, 죽고 나서, 죽은 다음에, 죽었는데도 살아 있다. 그때 일이 떠오를 때마다 질문이 튀어나왔다. 신이 다급한 목소리로 아버지를 불러, 그 아이에게 손대지 말라고, 그 아이에게 아무 일도 하지 말라고 지시하지 않았다면 아버지는 정말로 자기를 죽였을까. 칼을 내리치고 불에 태웠을까.

그 일은 떠올리지 않으려고 해도 자꾸 떠올랐고, 그 일이 떠오를 때마다 그 질문도 같이 떠올랐다. 떠올리지 않으려고 해도 떠올랐다. 떠올리지 않으려고 할수록 더 떠올랐다. 그러나 답은 내려오지 않았다. 답이 내려오지 않았기 때문에 질문은 떠오르기를 멈추지 않았다. 그는 아버지의 사랑을 의심하지 않았고, 아버지의 고뇌도 이해했다. 긴 질문과 사색을 통해 아버지가 자기에게 어떤 일을 했든 자기를 사랑하지 않아서 한 것은 아니라는 믿음이 그의 안에 자리했다. 그 일이 사랑이 없거나 부족해서 일어난 것이 아니라, 반대로 사랑이 지나치게 많아서 생긴 것임을 충분하고 온전하게 이해했다. 그런데도 그 질문은 그의 충분하고 온전한 이해의 막을 찢고 계속 솟아올랐다. 이해하는 것으로 충분하지 않았다. 어떤 충분하고 온전한 이해도 충분하지 않고 온전하지 않았다. 그는 자기를 묶던 아버지, 자기를 향해 칼을 내리치려던 아버지를 머릿속에서 지워버릴 수가 없었다. 그 모습이 계속 떠올랐기 때문에 그는 질문을 멈출 수 없었고, 아버지를 똑바로 쳐다볼 수 없었다. 그는 죽은 자의 영혼이 되어 신음했다. 그가 죽은 자였다면, 그에게 죽음을 경험하게 한 아버지는 죽인 자였다. 그 생각은 그를 끔찍한 상상 속으로 몰고 갔다. 그가 죽은 자라는 사실보다 자기를 죽인 자로 아버지를 인식할 때 마음의 요동이 컸다. 그 사건은 엄청나게 큰 바위가 되어 그의 가슴을 눌렀다. 그의 충분하고 온전한 이해도 그 바위에 눌렸다. 그는 바위에 눌려 신음했고 고민했고 울었고 질문했고 여기저기를 떠돌아다녔다.

그리고 그럴 때마다, 그렇다, 그는 먹었다. 무엇인가를 먹었고, 무엇이든 먹었고, 무엇을 먹어도 허기가 사라지지 않왔기 때문에 계속 먹었다. 그의 탐식은 그렇게 시작되었다.

그날, 아들과 함께 올라갔던 모리아산을 내려간 아버지는 아래에서 기다리고 있던 하인들과 함께 집으로 돌아갔지만 아들은 아버지를 따라 내려가지 못하고 산에 있었고, 밤을 새웠고, 다음날 산에서 내려온 다음에도 집으로 돌아가지 않았다. 돌아갈 수 없었다. 그 집은 그의 집이 아니라 아버지의 집이었다. 아버지의 집은 아버지가 주인인 세계, 집에 있는 모든 것이 아버지에게 속해 있는 세계였다. 아들인 그 역시 예외는 아니었다. 아버지는 그를 사랑했고, 그는 그 사실을 의심하지 않았지만, 그 사랑이 '속해 있는 것'을 향한 지배의 방법이라는 사실이 어렴풋이 깨달아지자 견딜 수 없었다. 집은 사랑이 없는 곳이어서가 아니라 사랑이 굴레인 곳이어서 돌아갈 수 없는 곳, 달아나야 하는 곳이 되었다. 그는 집을 튼튼하게 하는 효율적인 재료의 역할을 하는 사랑을 털어내기 위해 떠돌이가 되었다.

여기저기 떠돌던 이삭이 빈 들로 향한 것은 그가 아주 어렸을 때 집에서 나간 이복형이 떠올랐기 때문이다. 그는 자기가 세상에 나오기 전에 먼저 태어난 형이 있다는 사실을 전부터 알고 있었다. 그가 젖을 뗄 무렵에 그 형이 집에서 쫓겨났다는 것도. 어머니의 몸종에게서 태어나 집에서 자라던 형은 그가 태어난 후 어머니로부터 시달림을 당하다 친모와 함께 맨몸으로 쫓겨났다. 어머니는 그가 이복형의 존재를 아는 것을 원하지 않았다. 눈앞에 보이지도 않으니 말해줄 필요도 없었다. 말하지 않는 것이 존재를 부정하는 방법이었다. 어머니는 그가 형이라는 단어를 발음하는 것도 싫어했다. 아버지는 형의 존재를 숨기지는 않았으나 그 형에 대해, 그 형의 사연에 대해, 특히 집에서 추방당한 일에 대해 그가 알려고 하는 것을 내켜하지 않았다. 어른들이 꺼리는 일을 굳이 할 이유가 그에게는 없었고, 형에 대한 기억 역시 남아 있는 것이 없었으므로 마음에 두지 않은 채로 살아왔다. 본 적 없는 형은 있지 않은 사람이었다. 모리아산에서 그 일이 있기 전까지는 그랬다.

죽음을 경험하고 밤을 지새우고 산을 내려오는 그의 눈앞에 얼굴도 모르는 이복형이 집에서 쫓겨나는 장면이 마치 눈으로 본 것처럼 선명하게 떠올랐다. 아버지는 광야 속으로, 낮의 뜨거운 햇빛과 밤의 스산한 추위 속으로 형과 형의 어머니인 하갈을 내보냈다. 쫓겨날 때 그들 손에 들린 것은 물한 가죽부대와 약간의 빵이 전부였다. 세상에! 죽음으로 내몬 것이나 다름없지 않은가, 하고 이삭은 중얼거렸다. 그는 죽음의 장소로 형을 내던진 아버지의 마음을 헤아릴 수 없었다. 아버지가, 어떻게 그럴 수 있는가, 아들에게. 아버지가 그때 형에게 한 일이 모리아산에서 자기가 겪은 일과 다르지 않다는 생각에 이르자 호흡이 가빠지고 몸이 떨렸다. 쫓아낸 아버지는, 언제나 그런 것처럼 신의 뜻을 앞세웠을 것이다. 최선을 넘어서는 최선, 법과 도리를 뛰어넘는 신의 섭리에 대해 말했을 것이다. 그는 그런 것이 있다는 것을 들을 만큼 들어 알고 있었다. 보이는 것이 전부가 아니라는 것, 믿음의 눈으로 보아야 보이는 것이 있다는 것을 부정하지 않았다. 그래도 이삭은 회의했다.

최선을 넘어서는 최선, 법과 도리를 뛰어넘는 신의 섭리는 인간으로서는 물리칠 수 없는 것이고 물리쳐서도 안 되는 것이지만, 최선을 넘어설 수 없는 최선, 신의 섭리를 뛰어넘을 수 없는 법과 도리의 세계에 사는, 살 수밖에 없는 인간이 그것을 넘어서고 뛰어넘으려고 할 때 인간은 어떻게 되는가. 인간성의 파괴 없이 그 넘어섬과 뛰어넘음이 가능한가. 넘어서고 뛰어넘는다는 것은 파괴와 훼손이 아니라면 무엇인가. 최선을 넘어서는 최선에 의해 넘어선(파괴된) 인간의 최선, 신의 섭리에 의해 뛰어넘은(훼손된) 인간의 법과 도리는 어떻게 회복하는가. 현재를 잃은 채 현재를 어떻게 사는가. 인간을 파괴하고 인간을 어떻게 유지하는가. 회복 없이 인간이 인간으로, 그러니까 죽은 채로 살 수 있는가. 그는 그런 질문들에 시달렸다. 신은 이복형을 빈 들에서 키웠다고 들었다. 용감한 사냥꾼이 되었고 일가를 이루었다고 들었다. 그분이 빈 들에서 형과 형의 가족들을 돌보셨다고 들었다. 신은 최선을 넘어서는 최선, 법과 도리를 뛰어넘는 신의 섭리를 그것으로 증명한 것일까. 아버지는 몸에 밴 놀라울 정도의 복종을 통해 어쩌면 손쉽게 최선을 넘어서고 법과 도리를 뛰어넘었다. 최근에 그에게 한 일은 벌써 오래전에 형에게 한 일이다. 신과 아버지는 넘어서고 뛰어넘었지만, 그래서 그렇게 했지만, 그래서 그렇게 하고도 현재를 살고 인간을 유지할 수 있었겠지만, 그 일을 당한, 아마도 아버지처럼 넘어서고 뛰어넘는 일에 익숙하지 않았을 형과 형의 어머니인 하갈은 어땠을까? 그들 안의 인간은 어떻게 되었을까? 파괴되고 훼손되지 않고 살 수 있었을까. 최선을 넘어서는 최선, 법과 도리를 뛰어넘는 신의 섭리를 향해 고개를 끄덕일 때마다 자기의 묶인 몸을 겨누던 칼날의 날카로운 빛과 함께 질문들이 쉴새없이 떠올랐다. 이삭은 빈 들의 형을 만나지 않고는 왔던 곳으로 돌아갈 수 없을 것 같았다. 그는 광야를 달음질했다.

그랬다. 빈 들을 자기 집으로 삼고 뛰어다니는, 야생의 짐승과 별로 달라 보이지 않는 이복형의 장막에서 이삭은 야생동물 요리를 처음 맛보았다. 맛을 느끼며 먹었다고 할 수 없다. 그저 허기진 배가 음식을 탐한다고 느꼈다. 걷잡을 길 없는 마음의 혼란과 죽을 것 같은 고뇌 속에서도 음식에 대해 욕망을 느끼는 자신이 민망했지만 그러나 그것은 그가 인간이고 살아 있다는 분명하고 확실한 표시였다. 그는 현재를 뛰어넘을 수 없었다. 그러나 허기가 가시고도 남을 만큼 충분히 많은 음식을 뱃속에 집어넣은 다음에도 그는 먹는 걸 멈추지 않았다. 허기는 사라지지 않았다. 그는 당황했지만 먹기를 중단할 수 없었고, 그래서 더 당황했다. 그는 자기가 얼마나 많이 먹었는지 잘 인식하지 못했는데, 그것은 아무리 먹어도 포만감이 찾아오지 않았기 때문이다. 그 음식들은 다 어디로 들어간 것일까. 그를 사로잡은 것은 찌르는 것 같은 허기였고 맛을 가진 음식이 아니라 먹는 행위 자체에 대한 탐욕이었다. 모든 강물을 삼키고도 만족하지 못하는 공허한 바다와도 같은 탐욕이 그를 슬프게 했다. 쉬지 않고 음식을 집어삼키는 그의 눈에서 찔끔찔끔 눈물이 나왔다. 맛이 있느냐고 형이 물었다. 이삭은 고기를 뜯으면서 고개를 끄덕였다. "무슨 맛이냐?" 형이 다시 물었다. 그는 대답하지 못했다. 무슨 맛인지 말할 수 없었다. 맛을 느끼지 못한 채 먹었기 때문이다. 맛이 먹게 한 것이 아니라 허기가 먹게 했기 때문이다. 맛을 느끼지 못하면서 먹을 수는 있지만 맛을 느끼지 못하면서 많이 먹을 수는 없다. 그러나 드물지만 그런 일이 일어난다. 맛을 느끼지 못한 채, 먹는 것이 아니라, 지나치게 많이 뱃속에 집어넣을 뿐인 일이. 먹는 것이 단순한 음식 섭취가 아니라 하나의 증상일 때 그렇다.

큰아들이 해주는 요리에 맛이 들려 편애한다는 비난을 이삭이 억울해할 수 있는 것은 그가 음식맛을 모르는 사람이기 때문이다. 먹는 것을 좋아하는 사람은 맛을 아는 사람이다. 그러나 지나치게 많이 먹는 사람은 맛을 모르는 사람이다. 맛을 모르는 사람이 먹는 것을 좋아할 리 없다. 맛을 모르는 사람만이 탐식할 수 있다. 탐식을 위해서는 미각의 통제를 벗어나야 하기 때문이다. 미각은 까다로워서 가리지 않고 아무거나 먹지 못하게 한다. 너무 많이 먹을 때 미각이 손상을 입는다는 것은 경험으로 알려져 있는 사실이다. 그러니까 이삭이 큰아들이 잡아온 야생동물로 만든 요리의 맛 때문에 그를 사랑했다는 진술에는 약간의 오해와 그만큼의 편견이 작용하고 있다. 그가 야생동물 요리를 즐겨 먹은 것은 사실이고, 그 때문에 에서를 편애한 것도 사실이지만, 그 음식에 맛들여서는 아니었다. 그는 자기가 좋아하는 음식을 먹은 것이 아니었다. 정확한 문장은, 그는 먹는 것을 좋아했다, 이다. 아니, 맛을 모른 채 먹었으니 좋아했다고 단정할 수도 없다. 자주 하는 일이라고 모두 좋아서 하는 것은 아니다. 좋아하는 감정과 상관없이 자주 하는, 하게 되는 일이 있다. 무엇에 붙들려서 어쩔 수 없이 늘 하는 일을 좋아해서 한다고 표현할 수 없다.

그 음식이 아버지의 입맛을 사로잡을 만큼 맛있었을까, 하는 질문은 에서의 음식 솜씨가 좋았을까, 하는 질문과 통한다. 이 사냥꾼에게 타고난 요리 솜씨가 있었던가? 그가 활을 잘 쏘고 사냥을 잘했다는 이야기는 전해지지만 음식을 잘 만들었다는 이야기는 전해지지 않는다. 음식 만드는 걸 좋아했다는 것과 음식 솜씨가 훌륭하다는 것은 같은 말이 아니다. 음식 솜씨는 동생인 야곱이 더 뛰어났다. 동생은 차분한 성격에 집안에서 지내는 걸 좋아했고 집안일 하는 걸 좋아했다. 사냥에서 돌아온 형에게 마침 끓이고 있던 팥죽을 대가로 장자권을 가로챈 사람이 야곱이다. 요리와 어울리는 사람은 동생이지 형이 아니다. 이 사냥꾼 형의 음식 솜씨를 치켜세울 근거가 없다. 더구나 그들의 어머니 리브가의 음식 솜씨가 사냥꾼인 큰아들만 못했을 거라고 추측할 이유도 없다. 그녀의 음식 솜씨가 형편없다면 아들이 해주는 음식을 맛있어할 수도 있겠지만 사실은 그렇지 않았다. 큰아들이 사냥해

온 고기로 만든 음식을 좋아해서 아버지가 그를 사랑했다는 문장을 그의 음식 솜씨가 좋았다는 뜻으로 읽을 이유가 없다는 뜻이다.

이삭은 미식가가 아니다. 그가 아들이 해준 야생동물 요리를 좋아한 것은 그 음식의 맛과는 아무 관계가 없다. 큰아들의 요리를 향한 아버지의 유난스러운 애정에 대해 우리가 할 수 있는 가장 그럴듯한 해석은 그 음식이 오래전, 그가 번민과 고통 속에 찾아간 빈 들에서 이복형이 해준 것과 같은 종류의 음식이었기 때문이라는 것이다. 적어도 그 음식을 연상시키기 때문이라는 것이다. 그 음식이 그때의 그의 혼란과 고뇌를, 그 혼란과 고뇌 속에서 내지르던 허기진 질문들, 질문들의 허기를 떠올리기 때문이라는 것이다. 그러니까 아들이 해준 야생동물 요리를 먹으면서 그가 먹은 것은 오래전에 그의 형이 해준 음식이었다. 음식을 먹은 것이 아니라 그때의 기억을 먹은 것이다. 그때의 혼란과 고뇌, 허기진 질문들을 먹은 것이다. 그는 젊을 때 형이 해준 단 한 번의 음식을 늙어서 눈이 어두워질 때까지 평생 동안 먹었다. 맛은 음식에서 나오는 것이 아니라 기억에서 나온다. 맛을 넘어서는 맛이 있다. 맛을 모르고, 맛을 모른다는 것조차 모르고 먹는 음식이 있다.

"먹어라. 더 먹어라. 네가 지금 배가 고파서 먹는 것이 아니라는 걸 알겠다." 형은 동생의 밑 모르는 허기를 이해했다. 이삭은 자기에게 무슨 일이 있었는지 말하지 못했다. 형에게 자기가 겪은 것과 같은 일이 일어났을 때 마음이 어땠는지, 거기서 어떻게 빠져나왔는지 묻지 못했다. 그 질문을 가지고 왔지만 입이 열리지 않았다. 그 대신 그의 입에서 불쑥 형도 그랬었느냐는 질문이 나왔다. 삼키지 않은 음식이 입안에 있어서이기도 했지만 무엇 때문인지 떳떳하지 않은 마음이 들어서 웅얼거리는 것처럼 말했기 때문에 그의 이복형은 잘 알아듣지 못했다. 그는 다시 말해야 했다. "형도 나처럼 이렇게 정신없이, 무얼 먹는다는 의식도 하지 못하고, 무엇에 사로잡힌 사람처럼 마구 먹어댄 적이 있었느냐고, 그러니까 그때 그랬었느냐고, 물었어요." 이번에도 그는 속으로 말려들어가는 목소리를 냈다. 그런데도 형은 그의 불완전한 말을 완전하게 알아들은 것 같았다. "어머니는 그랬지. 참을성이 대단하신 분인데, 한동안 이상하게 배고픈 걸 참지 못해하셨어. 먹을 것만 있으면 입으로 가져가셨지. 먹을 게 없을 때는 먹으면 안 되는 것도 먹었어. 흙 먹는 걸 말린 게 한두 번이 아니야. 나중에 어렴풋이 이해하게 되었는데, 그 허기는 어떤 것으로도 채울 수 없는 것이었어. 참을성이 대단하신 어머니는 그 시절 늘 참을 수 없는 상태에 있었던 거지. 다른 모든 것을 참기 위해서 음식에 대한 욕망만은 참지 않았던 것이 아닌가 싶어." 이삭은 형이 어머니와 함께 집에서 쫓겨난 일에 대해 말하고 있다고 짐작할 수 있었으므로 더 묻지 않았다. 그 시절의 어머니처럼 음식을 탐하는 이복동생을, 처음에는 놀라움으로, 그러다가 차츰 안쓰러움을 가지고 바라보던 형도 짐작했다. 자기에게 일어났던 것과 같은 일이 동생에게도 일어났다는 것을. 그는 가슴 한복판에서 무언가가 요동치며 흔들리는 소리를 들었다. 오랫동안 뭉쳐 있던 기억들이 스르르 풀어지는 게 느껴졌다. 그는 균형을 잃지 않기 위해 심호흡을 거듭했다.

잠시 후 그는 오랫동안 잠겨 있던 빗장의 문을 열듯 느리고 무겁게 말을 이었다. "추방의 그날, 어머니와 나는 울타리와 지붕이 없는 완벽한 공허 속에 던져졌지. 햇살이 수천 개의 화살이 되어 몸에 박히고 나는 물을 한 방울만 마실 수 있다면 죽어도 좋다는 생각을 하다가 죽었지. 어머니도 저만치 떨어진 채 죽기만 기다리고 있었어. 나는 내가 어떻게 살아났는지 기억하지 못해. 죽은 건 확실한데 살아난 건 확실하지 않아. 죽었는데 어떻게 살아났는지를 죽었으니까 기억하지 못할 수밖에. 어머니는 제물을 태우기 위해 타오르는 제단의 불길과 연기를 그 텅 빈 들에서 보았다고 했어. 그 빈 들이 제단이었던 셈이라고, 그 제단에 바쳐지기 위해 준비된 제물이 나였던 거라고 했어. 햇빛이 제물인 내 몸을 태우고 있었다고. 불에 태워져 죽어가는 아들을 눈앞에서 지켜보는 어머니의 가슴이 어땠을 것 같아? 어머니는 가슴이 찢어지는 것 같았다고 했어. 그래서 자기 가슴을 찢었다고, 그래서 아들이 죽는 것을 볼 수 없다고, 아들 대신 자기를 태우라고 울부짖었다고, 그러다가 다급하게 부르는 신의 음성을 들었다고. '하갈아, 왜 그러고 있느냐? 아이를 안아 일으켜라.' 아이를 안아 일으키라고 자기를 안아 일으킨 분이 신이었다고. 그분이 거기 계셨다고. 거기에도 계셨다고. 어머니는 내가 죽었기 때문에 다시 살게 된 거라고 했어. 그 경험을 한 후에 어머니는 최선을 넘어서는 최선을 이해할 수는 없지만 인정하게는 되었다고 했어. 눈에 보이지 않는 약속의 세계를 바라보지 않을 수 없게 되었다고 했어. 인정은 하게 되었지만 이해는 할 수 없어서 줄곧 힘들어하셨지. 이해는 할 수 없지만 인정은 하게 되었으므로 순종하면서도. 어머니의 그 지독한 허기와 식탐은 그 갈등이 스스로 만든 출구였을까. 어머니는 신을 '살피시는 분'이라고 불렀어. 실제로 그분이 우리를 여태 보살펴준 건 맞아. 그러지 않았으면 이 막막한 광야에서 우리가 어떻게 살았을까." 이삭은 고개를 숙이고 먹는 데만 집중했다. 무슨 말인가를 하려고 하면 눈물이 쏟아질 것 같아서 고개를 들 수 없었다. 그는 하마터면 모리아산에서 자기가 겪은 일을 토해낼 뻔했다. 아버지의 손에 묶여 제단 위에서 태워질 뻔한, 그 이해할 수 없는 신과 아버지의 이상한 시험에 대한 이야기. 눈물을 참을 자신만 있었다면 했을 것이다. 그러나 결국 하지 못했다.

형은 분위기를 바꾸려는 듯 밝은 목소리를 꾸며내어 자기 사냥 솜씨가 좋아진 것은 순전히 어머니의 그 지독한 허기 때문이라고 말했다가 농담이라며 껄껄 웃었다. 이삭은 형이 농담을 하고 있다고 생각하지 않았다. 형은 어머니의 허기 때문에 자기의 요리 솜씨가 좋아졌다고는 말하지 않았다. 어머니의 허기로 인해 좋아진 것은 요리 솜씨가 아니라 사냥 솜씨였다. 그 순간 이삭은 자신이 그날 먹은 형의 음식으로부터, 아마도 평생 동안 놓여나지 못하리라는 걸 예감했다. 사는 내내 허기에 시달리며, 참지 못하며, 참지 못한 채 참으며 살게 되리라는 것을. 다른 모든 것을 참기 위해 음식에 대한 욕망만은 참지 못하게 되리라는 것을. 그리고 예감대로 되었다. 그는 탐식의 사람이 되었다.

그가 큰아들인 에서를 사랑한 것은 사실이고, 에서가 잡아온 야생동물로 만든 요리를 즐겨 먹은 것도 사실이고, 그 요리가 빈 들의 사냥꾼인 그의 이복형이 해준 것과 구별되지 않은 것 역시 사실이다. 그리고 어쩌면 이것도 사실일 것이다. 그가 둘째아들이 아니라 첫째아들을 사랑한 것은, 첫째아들이 그의 형을 떠올리게 했기 때문이다. 에서가 형이어서가 아니라 그의 형인 이스마엘을 떠올리게 했기 때문이다. 그의 형을 떠올릴 때 떠오르는 죄책감을 떨쳐버릴 수 없었기 때문이다. 이스마엘이 그의 형인 것처럼 에서가 야곱의 형이었기 때문이다. 그의 형이 그랬던 것처럼 야곱의 형인 에서도, 자기가 한 어떤 행동이나 하지 않은 어떤 행동 때문이 아니라 최선을 넘어서는 최선, 법과 도리를 넘어서는 신의 이해할 수 없는 섭리에 의해 집안의 대를 이어가는 명분을 동생에게 넘겨줄 것이기 때문이었다. 쌍둥이 아들들이 아직 태어나지 않았을 때 그들은 어머니 뱃속에서 다퉜고, 그들의 어머니는 큰아이가 작은아이를 섬길 거라는 예언을 들었다. 그들이 태어날 때 나중에 나온 아들이 먼저 나온 아이의 발뒤꿈치를 잡고 있었다. 이삭은 사는 동안 그 장면을 자주 떠올렸는데, 그때마다 자기가 형의 발뒤꿈치를 잡고 있는 것으로 그림이 바뀌어 마음이 힘들었다. 그가 형의 권리를 빼앗고 따뜻한 집안에서 허허벌판으로 내쫓은 것 같아 괴로웠다.

그에게는 이것이 에서가 큰아들이라는 것보다 중요했다.

이해는 하지 못한 채 인정해야 할 때, 인정은 하면서도 이해는 하지 못하는 부조리한 상황에 놓였을 때 하갈은 허기에 시달렸고 이삭도 그랬다. 아마 에서도 다르지 않았을 것이다. 그가 일찍부터 밖으로 쏘다닌 이유를 단지 그렇게 타고났기 때문이라고 단정해서 말할 수 있을까. 그가 집을 지키지 않고 광야의 사람이 된 이유가 주변 사람들과 여러 경로를 통해 그에게 전달된, 그 최선을 넘어서는 최선, 법과 도리를 넘어서는 신의 뜻과 상관없다고 말할 수 없다. 밖으로 쏘다녔기 때문에 집에 자리가 없어진 것이 아니라 집에 자리가 없기 때문에 밖으로 쏘다닌 것이다. 이 추측을 뒷받침할 일화가 있다. 어느 날 그는 몹시 배가 고픈 상태로 사냥에서 돌아왔는데 마침 야곱이 죽을 끓이고 있었다. 배가 너무나 고파 정신이 몽롱해진 에서는 동생에게 끓이고 있는 죽을 좀 먹게 해달라고 부탁했다. 동생은 장자의 권리를 자기에게 넘기라는 조건을 제시했다. 집안의 경영에 대한 책임감이 그에게 더 있었는지 모르지만, 그래서 장자의 권리를 원했는지 모르지만, 설령 그렇다고 하더라도 이 책임감이 욕심과 경쟁심보다 더 크게 작용했는지는 의문이다. 형에게는 없는 경쟁심이 동생에게는 있다고 짐작해보자. 동생은 같은 날 태어났는데도 자기가 동생이라는 사실에 불만을 가지고 있었을 수도 있다. 단순한 성격의 형은 배가 고파 죽을 지경인데 그까짓 장자의 권리가 다 무슨 소용이냐며 어서 죽이나 달라고 졸랐다. 실제로 그때 그는 허기가 너무 심해서 죽을 것만 같았다. 아무것으로든 배를 채우지 않으면 안 되었다. 그에게도 미각은 없다. 배고픈 자에게 미각은 없다. 그러니까 장자의 권리를 얻기 위해 야곱이 형을 홀릴 만큼 팥죽을 기가 막히게 맛있게 만들어야 할 필요는 없었다. 야곱은 장자의 권리를 자기에게 넘긴다는 맹세를 받아내고서야 형에게 죽을 주었다. 장자권의 무게보다 허기를 해결하려는 욕구가 더 무거웠다고 해도, 물론 그것이 사실이긴 하지만, 그래도 그가 아니라 동생이 신의 선택을 받았다는 사실이 집안사람들 사이에 당연한 것처럼 퍼져 있지 않았다면 그렇게 고민 없이 동생의 꾐에 넘어가지는 않았을 것이다. 처음에 그는 동생이 꾀를 부렸다고 생각하지 않았다. 처음에는 자기가 사냥에서 돌아왔을 때 야곱이 우연히 죽을 끓이고 있었다고 생각했지만, 나중에 그는 자기가 배고파 죽을 지경이 되어 돌아오는 시간에 맞춰 일부러 끓인 거라고 바꿔 생각했다. 그로부터 시간이 많이 지나 자기가 받을 아버지의 축복을 동생이 가로챘다는 사실을 알고 난 후의 일이었다.

동생인 야곱이 형의 허기와 탐식에 대해 알고 있었는지는 확실히 말할 수 없다. 확실히 말할 수 있는 것은 허기와 탐식의 욕구가 야곱에게는 없다는 것이다. 결핍과 균열, 고뇌와 혼란을 겪지 않은 자는 허기를 모른다. 버려진 경험과 죽음 속에 있어보지 않은 자는 탐식하는 자가 되지 않는다. 야곱은 형의 발뒤꿈치를 잡는 자, 시기하고 경쟁하는 자일 뿐이다. 그에게 탐욕이 없다고 단정할 수 없다. 세속적 욕망이 없다고 말할 수 없다. 그러나 탐식은 없다. 탐욕과 탐식은 동의어가 아니다. 탐식하는 자는 허기진 자일 뿐 탐욕스러운 자가 아니다. 허기진 자는 먹기 위해서, 겨우 음식을, 단지 음식만을 탐하지만 탐욕스러운 자는 먹기 위해서가 아니라 소유하기 위해서, 음식, 즉 다른 사람의 허기를 이용하여, 음식 이상의 것을 탐한다. 에서는 한 그릇의 음식을 먹기 위해 자기가 가진 것을 다 주었지만 야곱은 한 그릇의 음식으로 형이 가지고 있는 것을 다 빼앗았다. 그는 음식을, 먹지 않고 자신의 탐욕을 위한 도구로 사용했다.

3.

늙어서 눈이 어두워 잘 볼 수 없게 된 이삭이 어느 날 맏아들 에서를 불러 말했다. "아들아, 네 아버지는 이제 늙었다.

언제 죽을지 모르겠구나. 그러니 너는 나를 위해 화살통과 활을 메고 들로 나가 사냥을 해서 내가 좋아하는 요리를 만들어 가져오너라. 내가 그것을 먹고 죽기 전에 너에게 마음껏 축복하겠다." 이삭은 큰아들에게만 이 말을 했지만 아들들의 어머니인 리브가가 이 말을 들었다. 이삭이 큰아들 에서를 사랑하는 것처럼 리브가는 작은아들 야곱을 사랑한다. 어머니의 작은아들 사랑은 아버지의 큰아들 사랑에 뒤지지 않는다. 큰아들이 무엇인가를 잡아오려고 들로 사냥을 나가자 어머니는 작은아들에게 자기가 들은 것을 알린다. 아버지가 형의 음식을 먹고 마음껏 축복하려고 한다. 어머니는 자기가 염소를 잡아 음식을 만들어줄 테니 그것을 아버지께 가져다드리고 형인 것처럼 속여서 축복을 받으라고 시킨다. 처음에 야곱은 겁을 내지만 결국 어머니가 하라는 대로 한다. 어머니가 만들어준 음식을 들고 새끼 염소 가죽을 자기의 매끈한 손과 목덜미에 두른 다음 아버지에게 간다. 거의 장님이나 다를 것이 없는 아버지는 아들을 눈으로는 알아보지 못한다. 그래서 누구냐고 묻는다. 에서가 아닌 야곱은 에서라고 대답한다. 제 것이 아닌 아버지의 축복을 받기 위해 그가 해야 하는 일은 자기 신분을 위조하는 것이었다. 자기가 아닌 사람이 되는 것이었다. 그가 욕망의 실현을 위해 자기가 아닌 사람이 되는 일을 대수롭지 않게 여긴 것은 아니다. 그는 갈등했고 두려워했다. 그러나 음식을 이용해서 무엇을 얻어내려는 탐욕을 멈추지는 못했다. 아버지는 아들의 목소리에 의심을 품는다. 눈은 멀었지만 귀는 멀지 않았기 때문이다. 그는 의심을 품고 팔과 손을 만져본다. 그리고 중얼거린다. "목소리는 야곱의 것인데 손은 에서의 것이로구나." 이삭은 마지막까지 자기 앞에 있는 아들이 에서가 아니라 야곱일 거라고 의심한다. 그래서 그는 손을 만져본 다음에도 곧바로 음식을 먹지 않고 정말로 내 아들 에서냐고 다시 묻는다. 야곱은 갈등하지 않고 네, 그렇습니다, 하고 대답한다.

음식을 다 먹은 후에도 아버지의 의심은 사라지지 않는다. 자기에게 입을 맞추라고 한 것은 후각을 통해 확인하려는 의도였다. 음식을 먹은 후에도 아버지의 의심이 사라지지 않은 것을 보면 야곱이 가져간 음식이 에서의 야생동물 요리와 달랐던 것 같다. 리브가가 아무리 요리를 잘한다고 해도 집짐승과 야생동물의 고기맛에는 차이가 있었을 것이다. 그러나 이삭은 미각이 발달한 미식가가 아니고 음식을 가리지 않는 탐식가이다. 그는 어딘가 맛이 다르다고 느끼긴 했지만 확신할 수 없었다. 그는 자기의 미각을 믿을 수 없었으므로 다른 음식이라고 판단할 수 없었다. 웬만한 입맛을 가진 사람이라면 그 맛의 차이를 구별해냈을 테고, 그랬다면 단호하게 이 음식은 에서의 음식이 아니고 너는 에서가 아니다, 라고 했을 것이다. 그러나 미각이 둔한 그는 미심쩍긴 하지만 확신이 서지 않았기 때문에 그렇게 말하지 못했다. 그렇지만 찜찜한 채로 축복을 할 수도 없어서 그는 자기의 의심을 풀 마지막 방법으로 입을 맞추라고 했다. 복을 빌어주기 전에 마지막으로 하려고 한 이 테스트는 체취에 대한 것이다. 들로 쏘다니며 사는 사람과 집에서만 지내는 사람에게서 나는 냄새가 같을 리 없다. 야곱이 가까이 가서 그에게 입을 맞추고 이삭은 아들의 옷에서 나는 냄새를 맡는다. 야곱은 마지막 시험도 통과한다. 아버지는 비로소 의심을 거두고, 즉 속아넘어가고, 복을 빌어주기로 한다. 그가 속아넘어간 것은 야곱이 에서의 옷을 입었기 때문이다. 이 역시 리브가의 계략이었다. 이삭은 자신이 가진 모든 감각을 통해 아들을 테스트했다. 그리고 이 모든 테스트를 야곱은 통과했다. 리브가가 뒤에 있었기 때문이다.

그녀의 야곱에 대한 사랑은 맹목적이다. 아버지를 속이다가 들통나면 어떻게 하느냐고, 그러면 축복은커녕 저주를 받을 게 아니냐고 걱정하는 야곱에게 저주는 자기가 받을 테니 시키는 대로 하라고 이른다. 어머니의 아들 사랑은 아버지의 사랑과는 달리 조건적이지 않다. 아버지와는 달리 어머니는 적어도 아들이 해준 음식 때문에 사랑하지는 않았다. 아니, 음식은 그녀를 사랑에서 멀어지게 하는 요인으로 작용했다. 그녀는 아버지와 마찬가지로 허기를 참지 못하는 큰아들의 식탐과 그가 사냥을 해서 잡아온 야생 고기 냄새를 못 견뎌 했다. 아니, 그녀가 못 견뎌한 것은 남편에게서 본 것을 아들에게서 똑같이 보는 일이었다. 탐식이라는 증상을 통해 표현된 영혼의 고갈, 무기력에 가까운 신중함, 이해하기 힘든 비현실적인 것에 대한 몰두, 혹은 삶에 대응하려는 의지의 결핍 같은 것. 음식 때문에 사랑하기로 결정하지 않는다는 점에서 그녀는 남편과 다르지만, 음식 때문에 사랑을 하지 않기로 결정한다는 점에서 그녀는 남편과 다르지 않다. 이삭은 음식 때문에 한 아들을 사랑하지만 다른 아들을 사랑하지 않기 위한 조건을 만들지는 않았다. 리브가는 음식 때문에 한 아들을 사랑하지 않지만 다른 아들을 사랑하기 위한 조건을 만들지 않았다. 아버지의 아들 사랑하기가 조건적인 것처럼 어머니의 아들 사랑하지 않기가 조건적이다. 조건적으로 사랑하는 것과 조건적으로 사랑하지 않는 것의 무게는 측정할 수 없다. 사랑하는 한 아들에 대한 어머니의 맹목에 가까운 몰두("저주는 내가 받을 테니……")는 사랑하지 않는 다른 아들에 대한 저주에 가까운 방치로 나타난다. 누군가를 사랑하기 위해 항상 다른 누군가를 미워해야 하는 것은 아니다. 그러나 누군가에 대한 지극한 사랑이 다른 누군가에 대한 미움을 부르는 일은 뜻밖에 흔하다. 가령 한정된 자원을 나누거나 두 사람이 같은 타깃을 목표로 겨룰 때, 즉 한 줄을 양끝에서 맞잡고 있을 때 이런 현상은 불가피하다. 누군가를 향한 사랑은 불가피하게 다른 사람을 배제한다. 복을 빌어주겠다는 정보를 큰아들에게만 알릴 때 이삭은 이 사실을 인지하고 있었다. 작은아들을 큰아들인 양 속여서 아버지에게 보낼 때 리브가는 이 사실을 인지하고 있었다.

축복이 어떻게 한정된 자원과 같은가. 줄을 맞잡고 있는 두 사람을 동시에 편들 수 없는 이치가 여기에 작용한다. 한쪽의 승리를 응원하면서 다른 쪽도 이기라고 응원할 수 없다. 동생이 형을 흉내내어 아버지로부터 축복을 받고 나간 다음 에서가 사냥에서 돌아왔다. 그는 다른 때와 마찬가지로 사냥해온 고기를 요리해서 아버지에게로 가져갔다. "이 아들이 사냥하여 온 고기를 잡수시고 저에게 축복해주십시오." 눈이 어두운 아버지는 당황하여 묻는다. "너는 누구냐?" 아들이 대답한다. "아버지의 큰아들 에서입니다." 아버지가 자기 머리를 치며 다시 묻는다. "그러면 조금 전에 나에게 사냥한 고기를 가져온 건 누구란 말이냐?" 이렇게 물을 때 그가 누구인지 아버지는 안다. 조금 전까지는 몰랐지만 이제는 안다. 큰아들 역시 그가 누구인지 곧바로 알아차린다. 그 일을 할 수 있는 사람은 정해져 있다. 그런 일을 할 필요가 있고 할 능력이 있는 사람이 그런 일을 한다. 아버지는 너의 동생이 와서 나를 속이고 네가 받을 복을 가로챘구나, 라고 말하며 한탄하고, 아들은 그 녀석이 두 번이나 저를 속였습니다, 지난번에는 맏아들의 권리를 빼앗았고 이번에는 제가 받을 복까지 빼앗아갔습니다, 라고 말하며 억울해한다. 억울한 아들은 제발 자기에게도 축복해달라고, 동생과 똑같이 복을 빌어달라고 울면서 간청하고, 아버지는 네가 오기 전에 그가 만들어온 음식을 먹고 그에게 모든 복을 빌어주었기 때문에 남아 있는 것이 없다고 대답한다.

동생에게 복을 빌어주었기 때문에 더이상 빌어줄 복이 없다는 아버지의 말은 축복이 자원의 성격을 가지고 있음을 드러낸다. 자원은 한정되어 있다. 그러므로 똑같이 복을 빌어달라는 이 아들의 부탁은 불가능한 요구이다. 그는 그들이 같은 줄을 잡고 있다는 것을 모르고 있다. 한쪽에서 끌어당기면 다른 쪽은 끌려가는 관계라는 걸 모르고 있다. 예컨대 아버지는 먼저 온 아들에게, 너는 너의 친척들을 다스리고 너의 어머니의 자손들이 너에게 무릎을 꿇을 것이다, 라고 축복했던 것이다. 나중에 온 아들에게 똑같이, 너는 너의 친척들을 다스리고 너의 어머니의 자손들이 너에게 무릎을 꿇을 것이다, 라고 할 수는 없다. 그것은 충돌하고 모순된다. 충돌하고 모순된 말은 이루어질 수 없을 뿐 아니라 말의 신뢰를 떨어뜨린다. 나중에 온 아들은 이 사실을 모르고 있다. 동생에게 한 것처럼 자기에게도 똑같이 복을 빌어달라는 그의 요구는 들어줄 수 없는 것이다. 아니, 알았다고 해도 어쩔 수 없었을 것이다. 불가능한 요구라는 걸 알더라도 자기에게도 똑같이 복을 빌어달라고 하고, 남은 복이 없다는 걸 알더라도 남은 복이 있지 않느냐고 떼를 쓰지 않을 수 없었을 것이다. 떼를 써서 이루어질 수 있는 일이 아니라는 걸 떼를 쓰면서도 모르지 않았을 것이다. 모르지 않지만 떼를 쓰지 않을 수 없었을 것이다.

에서는 소리내어 울었다. 울음, 즉 울 때 나는 소리에는 의미가 실려 있지 않다. 의미가 들어 있는 말이 울음에 섞여 발화되는 경우에도 그 말은 의미를 전달하기 위한 의도와는 전혀 상관없거나 거의 상관없고 그저 소리를 표현하는 기능을 할 뿐이다. 그러니까 사람이 울 때 어떤 효과가 나타난다면 그것은 그 소리 때문이지 의미가 들어 있는 말 때문이 아니다. 에서가 그 울음을 통해 무언가를 얻어냈다고 한다면, 그것은 그가 울었기 때문이지 의미가 들어 있는 말을 했기 때문이 아니다. 아버지는 말한다. "너는 칼을 의지하고 살 것이며, 너의 아우를 섬길 것이다. 그러나 애써 힘을 기르면 너는 그가 네 목에 씌운 멍에를 부술 것이다." 이것을 축복이라고 할 수 있을까. 이것이 아들이 원한 것이라고 할 수 있을까. 이것은 그저 먼저 온 아들에게 했던 말의 부연에 지나지 않는다. 아버지는 한 아들에게 너는 너의 형제를 다스릴 것이다, 라고 했으므로 다른 아들에게는 너는 너의 형제를 섬길 것이다, 라고 말할 수밖에 없었다. 너는 너의 형제를 다스릴 것이다, 라는 말을 듣지 못한 아들은 너는 너의 형제를 섬길 것이다, 라는 말을 듣게 된다. 다른 방법이 없다. 그들이 한 줄을 잡고 마주서 있기 때문이다.

그러니까 이것은 예언이라고 할 수 있을지 몰라도 축복이라고 하기는 어렵다. 물론 축복도 이미 일어난 일이나 지금 일어나고 있는 일에 대한 것이 아니라 아직 일어나지 않은 일에 대한 말이기 때문에 일종의 예언이라고 할 수 있다. 모든 축복은 예언의 성격을 띤다. 그러나 모든 예언이 축복의 성격을 띠는 것은 아니다. 이삭이 작은아들에게 속아 큰아들인 줄 알고, 큰아들의 이름을 부르며 큰아들을 위해 복을 빌

었음에도 불구하고 그 복이 큰아들에게 가지 않은 것은 축복이 예언의 성격을 띠고 있음에도 불구하고 예언과는 다르기 때문이다. 이삭은 야곱의 머리에 손을 얹고 축복, 즉 복을 빈 것이지 예언을 한 것이 아니다. 만일 그가 예언을 한 것이라면, 그가 누구의 머리에 손을 얹었든 에서에게 일어날 일은 에서에게 일어나고 야곱에게 일어날 일은 야곱에게 일어날 것이다. 리브가와 야곱의 속임수는 통하지 않았을 것이다. 예언은 확정된 미래의 일을 미리 말하는 것이기 때문이다. 그러나 복을 빌어주는 것은 확정된 미래의 일을 미리 말하는 것이 아니라 미래에 어떤 일이 확정되기를 소망하는 것이다. 바라는 것이다. 예언은 확정된 것을 먼저 말하지만 축복은 바라는 것을 지금 말한다. 예언은 미리 말하는 것이지만 축복은 간절히 말하는 것이다. 예언은 확정된 것을 말하기 때문에 간절할 필요가 없고, 축복은 확정된 것이 아니기 때문에 미리 말할 수 없다.

확정된 것이 아니고, 확정되기를 바라는 것에 다름 아닌데도 아버지의 축복을 받아내려고 벌이는 이 가족의 모습은 유난스러워 보인다. 그러나 축복의 효과가 누가 누구에게 어떻게 비느냐에 달려 있다는 사실을 감안하면 이해하지 못할 일은 아니다. '이삭'이 아들을 위해 간절히 '신에게' 빈다. 이삭은 복을 비는 자일 뿐 복을 주는 자가 아니다. 이 복을 신에게 빌기 때문에, 살날이 얼마 남지 않았다고 생각한 아버지가 살날이 많이 남은 아들을 위해 온 마음을 다해 빌기 때문에, 그리고 이 간절한 기원을 받아 복을 내릴 분이 만물의 주인인 신이기 때문에 이 축복은 떠들썩한 사건이 아닐 수 없다. 이 축복은 예언보다 더 예언적 성격이 강하다. 아버지가 신중한 것이 그 때문이고 아들들이 필사적인 것도 그 때문이다. 나중에 온 아들이 억울해하고 원통해하는 것도 그 때문이다. 그는 자기를 두 번이나 속인 동생을 아버지가 돌아가시기만 하면 죽여버리겠다고 벼르기까지 한다.

이미 늙어 눈이 어두웠던 아버지, 언제 죽을지 모르겠다던 아버지는 그러나 그 이후에도 이십 년 이상을 더 살았다. 죽음을 예감하고 죽기 전에 마지막으로 마음껏 축복하겠다던 이삭의 이 긴 생명 연장을 이해하기가 쉽지 않다. 아버지가 일찍 숨을 거두었다면 어쩌면 에서는 정말로 살인자가 되었을지 모른다. 그러나 그것을 막기 위해서였는지 아버지는 아주 오래 살았고, 그사이에 에서는 시간과 함께 원한으로부터 풀려났다. 그리고 어쩌면 이삭은 자기 의도대로 되지 않은 그 축복 사건을 통해 최선을 뛰어넘는 최선, 법과 도리를 넘어서는 신의 섭리에 굴복하지 않을 수 없었을 것이다. 그가 아무리 자기 생각을 앞세워 바꾸려고 해도 신의 뜻을 바꿀 수 없다는 것을 깨달았을 것이다. "큰아이가 작은아이를 섬길 것이다." 그는 신의 뜻을 헤아리려는 시도를 멈추고 아버지처럼 온전히 복종하는 사람이 되었다. 음식에 대한 허기와 탐식도 그와 함께 사라졌을 것으로 추측해볼 수 있다. 이삭이 죽을 때 두 아들이 그를 조상들 곁에 묻었다.

동생이 그의 축복을 가로챈 운명의 날, 큰아들이 아무것도 얻어내지 못한 것은 아니다. 그는 아버지에게 떼를 쓰며 울었고, 그 울음소리는 조건절을 가진 축복의 문장을 그 아버지로부터 이끌어냈다. 예언은 변경될 수 없고, 축복 역시 일종의 예언이기 때문에, 어떤 예언보다 더 예언이기 때문에 아버지는 먼저 온 아들에게 했던 말을 뒤집지 못한다. 다스리는 자와 섬기는 자를 바꿀 수는 없다. 그는 이미 했던 예언(축복)을 주어를 바꿔 다시 한다. "너는 너의 아우를 섬길 것이다." 그러나 이 예언에 다른 예언이 더해지면서, 처음 예언은 훼손되지 않은 채로 수정된다. 훼손 없이 수정하기 위해 필요한 것이 조건절이다. "그러나 애써 힘을 기른다면, 너는 그가 네 목에 씌운 멍에를 부술 것이다." 조건절을 가진 문장에서 주절은 조건절을 떠나 독자적으로 의미를 퍼뜨릴 수 없다. '애써 힘을 기른다면'이 '그가 네 목에 씌운 멍에를 부술 것이다'를 지배하고 있다.

이 예언은 독자적인 예언이 아니고 본래의 예언에 추가된 것이다. 추가되면서 본래의 예언은 수정되었다. 원래의 예언은 '너는 그를 섬길 것이다', 즉 '너는 그가 네 목에 씌운 멍에를 지고 살 것이다. 그 멍에를 부수지 못할 것이다'이다. 그가 조건절에 명시된 행위를 하지 않는다면, 즉 애써 힘을 기르지 않는다면 원래의 예언이 실현될 것이다. 즉 그는 동생을 섬길 것이다. 동생의 다스림에서 절대로 벗어나지 못할 것이다. 수정된 예언의 실현은 조건절이 지시하는 내용을 수행할 때만 가능하다. 에서는 덧붙여진 이 예언을 자기를 향한 아버지의 축복으로 받아들였다. 그는 자기를 향한 축복 역시 어떤 예언보다 더 확실하게 이루어질 것을 믿었다. 그는 애써 힘을 기름으로써, 즉 자기에게 일어났고 일어날 거라고 예고된 일들을 참음으로써 아우의 멍에에서 벗어났다.

야곱의 사다리

야곱은 브엘세바를 떠나 하란을 향해 출발하였다.

그는 도중에 해가 져서 하룻밤을 보내려고 한 곳에 돌을 베고 누웠는데 꿈에 보니 끝이 하늘에 닿은 사닥다리 하나가 땅에 서 있고 그 위에 하나님의 천사들이 오르락내리락하고 있었다. (……)

야곱은 잠에서 깨어나 몹시 놀라며 이렇게 말하였다 "여호와께서 분명히 이곳에 계셨는데도 내가 그것을 알지 못하다니! 정말 두려운 곳이구나. 이곳은 바로 하나님의 집이며 하늘의 문이다."

야곱은 아침 일찍 일어나 자기가 베었던 돌을 기념비로 세워 그 위에 기름을 붓고 그곳 이름을 하나님의 집이란 뜻으로 '베델'이라고 하였다. 그러나 그곳에 있는 성의 본래 이름은 루스였다.

—「창세기」 28장 10절-19절, 현대인의 성경

1-1. 야곱은 집을 떠나 하란을 향해 갔다. 동행은 없었다. 그의 부모는 하란에 가서 외삼촌의 딸 중 하나와 결혼하라고 일렀다. 브엘세바에서 하란까지는 먼길이었다. 더구나 그는 가보지 않은 길이었다. 그런데 그 먼 곳까지 가서 결혼할 여자를 데려오라는 것이었다. "가나안 여자와는 결혼하지 마라." 명분은 그랬다. 야곱의 형 에서는 두 명의 가나안 여자와 결혼해서 부모에게 근심거리를 만들어주었다. 그 여자들이 몸만 온 것이 아니라 그들의 문화와 풍습, 특히 날 때부터 섬기던 그들의 신을 데리고 왔기 때문이었다. 이 며느리들 때문에 사는 것이 지긋지긋하다고 어머니인 리브가는 고개를 절레절레 저었다. "당장 이곳을 떠나 너의 어머니의 오빠,

즉 너의 외삼촌이 살고 있는 메소포타미아로 가라." 아버지는 그렇게 지시했다. "오빠가 너를 반갑게 맞아줄 것이다. 그러니까 먼길이라도 두려워하지 말아라." 어머니는 그렇게 말했다.

오래전에 야곱의 아버지 이삭의 신부를 얻기 위해서도 이 길이 이용되었다. 그러나 당사자인 이삭이 직접 신부를 구하러 간 건 아니었다. 이삭의 아버지는 가장 총애하는 하인인 엘리에셀에게 아들의 신붓감을 구하는 막중한 임무를 맡기면서 낙타 열 마리에 여러 가지 좋은 물건들을 가득 실어 보냈다. 신부가 될 사람에게 줄 금코걸이와 금팔찌는 물론 온갖 보석과 값비싼 의복들이 낙타 등에 실렸다.

그때의 행사를 모방하고 있는 것처럼 보이지만 야곱의 이 여행은 사뭇 다르다. 그는 신부 될 여자의 집에 선물할 물건을 가지고 있지 않다. 낙타는 한 마리뿐이다. 낙타 등에는 열흘길이 넘는 긴 여행 동안 혼자 먹기에 충분하지 않은 음식과 물이 실려 있을 뿐이다. 무엇보다 이 여행자는 그 집의 하인이 아니다. 누군가를 위해서가 아니라 자기를 위해서, 스스로 자기 신붓감을 구하러 가는 것이다. 집안일 하는 하인이나 가축을 돌보는 종들을 꽤 거느리고 있는, 그 지역에서 행세깨나 하는 가문의 체통에 도무지 맞지 않은 처사라고 하지 않을 수 없다. 그런 목적의 여행치고는 행색이 너무 초라하지 않은가. 뿐만 아니라 이 여행자의 얼굴에는 여행에 대한 기대나 여행 끝에 만나게 될 여자에 대한 설렘 같은 것이 나타나 있지 않다. 오히려 불안하고 초조해 보인다. 근심이 그의 얼굴을 덮고 있다. 그는 자주 뒤를 돌아보며 발길을 재촉한다. 편하게 쉬지 못한다. 그는 목적을 가지고 어딘가를 향해 가는 사람이 아니라 어떤 사정이 있어서 이곳을 떠나는 사람 같다. 그는 결혼할 여자를 찾으러 가는 것이 아니라 도망가는 것 같다.

1-2. 야곱의 이 여행이 사실상 도망이라는 것을 알 만한 사람은 다 안다. 그의 부모도 알고 하인들도 안다. 내리쬐이는 햇볕도 알고 햇볕에 달궈지는 돌도 안다. 아껴 먹어야 할 열흘치 식량이 실린 낙타도 아마 알 것이다. 그의 쌍둥이 형이 그를 죽이려 한다는 사실을 알게 된 이상 달아나지 않을 수 없었다는 것을. 다른 방법이 있다면 떠나지 않았을 것이다. 그러나 다른 방법이 없었다. 다른 때와는 달리 이번에는 그의 어머니에게도 방법이 없었다.

형이 화가 나서 동생을 죽이겠다고 마음먹은 것은 동생이 자기인 것처럼 가장을 하고서 아버지로부터 자기가 받을 축복을 가로챘기 때문이었다. 이 사기극을 기획하고 연출한 사람은 그의 어머니였다. 그녀는 사냥을 좋아해서 밖으로만 나돌아다니는 큰아들보다 집안에 머물며 자기의 말 상대가 되어주는 작은아들을 더 사랑했다. 큰아들은 제 할일을 알아서 했기 때문에 사랑을 베풀 기회가 상대적으로 없기도 했다. 남편이 큰아들에게 더 마음을 주는 것처럼 보여 작은아들에 대한 자신의 편애가 균형을 맞추는 것처럼 여겨지기도 했다. 그것만이 아니었다. 그들을 임신했을 때 여호와로부터 받은 예언의 말이 그녀의 마음속에 붙박여 있기도 했다. "형이 동생을 섬길 것이다." 여호와는 그렇게 말했다. 자라는 아이들을 볼 때마다 그 말이 떠올랐다. 그 예언의 문장은 그녀로 하여금 그 예언의 실현에 가담하도록 은근히 종용했다. 혹은 자신의 편애를 정당화할 근거로 그 예언의 문장을 이용했다. 그녀는 아이들이 태어나기 전에 받은 그 미래형 문장으로부터 자유롭지 않았다. 그녀는 미래를 기다렸다. 아무 일도 하지 않고 가만히 있어도 다가오는 것이 미래라면 기다릴 필요가 없었다. 그녀가 미래를 기다렸다는 것은 아무 일도 하지 않고 가만히 있기만 하지는 않았다는 뜻이다. 그녀는 기다리는 일을 했다. 기다리는 것은 기다리는 일을 하는 것이었다. 기다리는 일을 하는 사람에게 미래는 그냥 오는 것이 아니라 나서서 맞아야 하는 것임을 그녀는 어렴풋이 의식했다. 기다림이 바람이고 참여, 즉 매우 적극적인 행동이라는 것을, 바라지도 참여하지도 않으면서 기다리는 일을 하는 것은 불가능하다는 것을 그녀는 서서히 알게 되었다.

눈이 멀어 거의 장님처럼 된 남편이 장자인 에서를 축복하려 한다는 사실을 알자 그녀는 곧장 그가 사랑하는 둘째아들 야곱을 에서처럼 꾸며 눈먼 남편의 방으로 들여보냈다. 말하자면 그것이 그녀가 한 적극적인 기다림의 일이었다. 사실상 야곱은 어머니가 하라는 대로 했다. 야곱은 기다리는 일을 한 사람이 아니었다. 그에게는 적극성이 없었다. 오히려 그는 어머니의 계략을 듣자 겁먹었고, 그러다가 축복은커녕 저주를 받을지 모른다며 두려워했다. 그러나 어머니는 그 저주는 자기가 받을 테니 염려 말라며 겁쟁이 아들을 부추겼다. 이 아들이 자기를 사랑하는 어머니의 뜻을 무시할 만큼 모질지 못했다고 말하면 그를 너무 순진하게 묘사하는 것일까. 그럴지도 모른다. 그의 내부에 아버지의 축복을 차지하려는 욕심이 없었다고 단정할 수는 없다. 태어날 때 형의 발뒤꿈치를 잡고 나오지 않았던가. 사냥에서 돌아온 허기진 형에게 자기가 쑤어놓은 죽 한 그릇을 주면서 장자의 권리를 팔라고 한 적도 있지 않은가. 욕심도 있고 영악하기도 하지 않은

가. 그렇지만 그런 사람이라고 반드시 마음이 독하리라는 법은 없다. 욕심도 있고 영악하다고 겁이 없으란 법은 없다. 착하지만 순하지 않은 사람이 있고 착하지는 않지만 순한 사람도 있다. 형이 착한 사람인지 아닌지는 말할 수 없지만 즉흥적이고 활달한 사람인 건 확실하다. 동생에 비해 상대적으로 단순하고 덜 영리한 사람이라는 것도. 뒤늦게 동생이 자기와 아버지를 속였다는 사실을 알게 된 형이 분통을 터뜨리리라는 것은 충분히 예상할 수 있는 일이다. 이 즉흥적이고 활달한 남자는 자기가 받을 축복을 훔쳐간 동생을 죽여버리겠다고 중얼거렸다. 그는 너무 자주 부주의하게 중얼거렸고, 중얼거릴 때마다 억울한 기억이 되살아나고 분노가 치밀어올랐기 때문에 목소리를 높였다. 그의 분노와 살의는 감춰질 수 없었다.

상황을 심각하게 여긴 어머니 리브가가 이번에도 나섰다. 그녀는 에서의 혼잣말을 단순한 엄포로 넘길 수 없었다. 형제간에 끔찍한 일이 벌어질지 모른다는 두려움이 그녀를 마음 졸이게 했다. 카인의 살인에 대한 이야기가 떠오르자 한순간도 지체할 수 없었다. 시기심 때문에 친동생을 죽인 카인의 이야기는 조상들에 의해 후대로 전해졌다. 형제는 경쟁이 숙명이고, 경쟁은 시기심을 연료 삼아 타오른다. 에서 모르게 되도록 빨리 야곱을 피신시켜야 한다고 판단한 그녀는 남편을 설득해서 야곱을 자기 오빠가 살고 있는 메소포타미아로 보내기로 했다. 그곳은 그녀의 고향이기도 했다. 그녀는 그곳에서 이 집안의 충실한 하인 손에 이끌려 가나안으로 왔다. 오래전의 일이었다.

그렇게 되었다. 신붓감 찾기는 이 다급한 도피 여행에 붙여진 명분이었다. 아버지는, 이 땅 여자들은 안 된다, 네 외삼촌 집에 가서 결혼할 여자를 찾아라, 라고 지시했고, 어머니는, 네 형의 분노가 가라앉고 네가 그에게 한 일을 잊어버릴 때까지 한동안 외삼촌 집에서 지내라, 라고 당부했다.

그녀는 아들을 동이 트기 전에 떠나게 했다. 야곱이 집을 떠났다는 것을 에서가 아는 순간 무슨 일이 일어날지 상상할 수 있었다. 동생이 집을 떠났다는 것을 알면 에서는 쫓아갈 것이다. 야곱이 집을 떠났다는 소식은 에서를 웃게 할 것이다. 아무리 화가 나도 아버지의 집에서 동생을 죽일 수는 없으니까. 살인을 하려면 야곱이 집을 떠나야 했다. 인류 최초의 살인 사건인 카인의 아벨 살해도 집밖에서 일어났다. 집안에서는 형제를 죽일 수 없다. 어느 날 카인은 아벨에게 들로 나가자고 했고, 들에서 돌로 쳐 죽였다. 들은 농사꾼인 카인의 영역이었다. 어릴 때부터 들판을 뛰어다니며 사냥을 즐기던 에서에게도 집밖이 친숙했다. 그는 순식간에 야곱을 따라잡을 것이다. 리브가는 오래전의 형제 살인이 자기 집에서 재현될 것을 두려워했다.

야곱은 이번에도 어머니가 하라는 대로 했다. 도망치듯 급히 집을 떠났다. 이제까지의 그의 삶이 그랬던 것처럼 그의 의지와 상관없이 진행된 일이었다.

1-3. 그리하여 이제 그는 혼자였다. 처음으로 혼자였다. 혼자인 그는 처음으로 제 의지에 따라 움직여야 했다. 그를 대신해서 어떤 일을 해줄 사람도 없고, 그에게 어떤 일을 하라고 지시할 사람도 없었다. 간섭하는 사람도 없었지만 보호해줄 사람도 없었다. 보호를 간섭으로 여기는 사람은 떠나지만 간섭을 보호로 여기는 사람은 떠나지 않는다. 형과는 달리 야곱은 떠나지 않는 사람이었다. 떠날 줄 모르는 사람이었다. 장막 안이 가장 안전했다. 형과는 달리 익숙하지 않은 세계에 대한 호기심이 그에게는 없었다. 낯선 것, 생소한 것, 미지의 것, 서먹한 것을 그는 꺼렸다. 그는 친숙하고 안전한 울타리 밖으로 나가는 걸 원치 않았고, 그래본 적도 없었다. 그는 현실주의자였다. 그는 장막의 사람이었지 길 위의 사람이 아니었다. 그 스스로 자기를 길 위에 세울 거라고 생각해

본 적이 없었다. 그러나 그는 이제 어쩔 수 없이 장막을 떠나 길 위에 혼자 있었고, 길 끝에 무엇이 있는지 가늠하지 못했다. 그는 오는 미래를 단순히 맞이하는 사람이 아니라 미래를 향해 가는 사람, 가지 않을 수 없는 사람이 되었다. 미래는 그가 가보지 않은 곳이었다. 무엇이 있을지 무슨 일이 벌어질지 모르는 곳이었다. 무엇이 있을지 무슨 일이 벌어질지 모르는 상태를 그는 원하지 않았다. 떠나지 않을 수 있다면 떠나지 않았을 것이라는 뜻이다.

어쩔 수 없이 길 위의 사람이 된 그에게 더이상 친숙하고 안전한 것은 없었다. 장막의 모든 것이 친숙했지만 길 위의 모든 것은 낯설었다. 장막을 비추는 햇빛은 친근했지만 길 위에 쏟아지는 햇빛은 낯설었다. 장막을 흔드는 바람은 다정했지만 길 위의 먼지를 날리는 바람은 엉큼했다. 같은 짐승의 소리도 장막에서 들을 때는 정겨웠지만 길 위에서는 섬뜩했다. 그는 낯설고 엉큼하고 섬뜩한 것들 가운데, 낯선 자로 있었다. 그는 낯선 세계에 던져진 나그네였다. 비유적으로 말하면, 그는 이제 막 태어난 자였고, 태어나자마자 고아가 된 자였다. 고아의 상태로 급히 태어난 자였다. 가도록 지시된 목적지가 있었지만, 그곳이 어떤 곳인지, 그곳에 무엇이 있는지는 알지 못했다. 그곳이 어떤 곳인지 그곳에 무엇이 있는지 모른 채 가야 했다. 목적지가 있었지만, 그곳으로 가는 길은 알지 못했다. 북쪽으로 방향을 잡아야 한다는 것만 겨우 알 뿐이었다. 그의 아버지의 아버지는 이 길을 거꾸로 걸었다고 했다. 하란에서 브엘세바로. 할아버지는 여호와의 지시를 충실히 따랐다. 그 할아버지의 충실한 하인은 주인 아들의 신부를 얻으려고 이 길을 걸었다. 브엘세바에서 하란으로. 그 충실한 하인은 아마 이 길에 대해 알 것이다. 살아 있다면 훌륭한 길잡이가 되어줄 것이었다. 그러나 그 사람은 세상을 떠난 후였고, 야곱에게는 길을 안내해줄 사람이 없었다. 야곱은 자기가 어떤 길을 걷게 될지, 가는 길에 어떤 바람이 불고 어떤 물이 흐를지, 어떤 위험이 도사리고 있을지 알지 못했다. 모른 채 가야 했다. 모르지만 가야 했다. 그것이 그의 길이었다.

2-1. 밤이 되었다. 빠른 발과 튼튼한 근육을 가진 형이 날카로운 살기를 몰고 뒤쫓아올까봐 쉬지도 못하고 하루종일 내달린 그는 지쳐 쓰러질 지경이 되었다. 하룻밤 묵을 곳을 찾아 가까운 마을로 들어가볼 생각을 잠깐 했으나 곧 거둬들였다. 살기등등한 형이 그곳에 미리 와서 그를 기다리고 있을 것만 같아 용기를 낼 수 없었다. 그는 따뜻하고 아늑한 침

실 대신 춥고 딱딱한 벌판을 택했다. 그는 무너진 돌무더기 가운데서 길쭉한 돌 하나를 주워 베고 피곤한 몸을 누였다. 자기 신세가 한심하고 비참해서 한숨이 나왔다.

그의 몸을 가려줄 장막은 없었다. 그는 누군가에 의해 자신을 보호해주던 장막이 치워진 것 같은 허전함과 수치심을 동시에 느꼈다. 그는 가림막 없이 천지에 노출된 자, 벗겨진 자, 벌거숭이였다. 가림막을 거추장스럽게 느끼거나 구속하는 것으로 여기는 사람은 가림막 안에 머물지 않고 스스로 찢고 나간다. 가령 그의 형 에서가 그랬다. 장막 밖에서 형은 자유를 느꼈는지 모르지만, 그는 아니었다. 그는 장막을 거추장스럽게 느끼거나 구속하는 것으로 여기지 않았으므로 장막 밖에서 자유를 누릴 수 없었다. 장막 안에서 자유로웠으므로 장막 밖에서 부자유했다. 장막 안에서 느낀 것이 안정이었으므로 장막 밖에서 느낀 것은 불안이었다.

정체를 알 수 없는 짐승의 울음소리와 부스럭거리는 바람소리가 신경을 곤두세웠다. 어디서 무엇이 나타날지 몰라 무서웠다. 몸이 땅속으로 파고들 정도로 노곤한데 잠은 오지 않았다. 시간이 조금 지나자 땅에서 찬 기운이 올라왔다. 그는 두려움과 추위를 이기기 위해 애써 장막 안의 따뜻하고 안온한 공기를 떠올렸다. 몇 시간 전만 해도 친근하고 익숙했던 것들이 까마득히 멀고 아득하게 느껴졌다. 따뜻하고 편안하고 포근한 것들, 모든 긍정적인 조건들이 자기와는 상관없는 것처럼 여겨졌다. 두려움도 추위도 사라지지 않았다. 어째서 이런 신세가 되었을까. 누구에게라고 할 수 없는 원망이 새어나왔다. 세상은 크고 어둡고 쓸쓸하고 무서웠다. 크고 어둡고 쓸쓸하고 무서운 세상에 그는 혼자 내던져져 있었다. 그 혼자 내던져져 있어 세상은 크고 어둡고 쓸쓸하고 무서웠다. 애써 나쁜 꿈을 꾸고 있다고 생각하려 했지만 머리를 받치고 있는 돌의 감촉과 뺨에 닿는 바람의 촉감이 어찌나 사실적인지 그럴 수 없었다. 그는 피곤과 두려움과 추위와 비참한 기분을 몰아내기 위해 유난히 가까운 곳까지 내려와 그를 내려다보고 있는 것 같은 별들에게 집중했다. 별들은 너무 가깝고 너무 많고 너무 말똥말똥했다. 한군데 고정되어 있지 않고 쉼없이 움직이는 것처럼 보였다. 꿈틀거리는 것처럼 보이기도 하고 출렁거리는 것처럼 보이기도 했다. 한참 쳐다보고 있자니 어느 순간 그의 몸이 둥실 떠올라 별들 사이를 누비고 다니는 것 같은 기분이 들었다. 그의 몸 역시 꿈틀거리는 것처럼 보이기도 하고 출렁거리는 것처럼 보이기도 했다. 몸과 마음이 가벼워졌다. 하루치의 피곤이 그의 눈꺼풀을 눌렀다. 그는 눈을 감았다.

2-2. 그는 눈을 감았다. 눈을 감았는데도 꿈틀거리고 출렁이는 별들이 보였다. 꿈틀거리고 출렁이며 별들 사이를 떠다니는 자신이 느껴졌다. 그리고 그는 보았다. 꿈틀거리고 출렁이는 별들이 이리저리 움직이며 어떤 형체를 만드는 것을. 마치 엄청나게 큰 손이 하늘의 별들을 쓸어 각각의 자리를 잡아주는 것 같은 광경이 눈앞에 펼쳐졌다. 눈이 휘둥그레졌다. 조금 전까지 마구잡이로 움직이는 것 같던 별들이 약속한 것처럼 제자리를 잡고 붙박여 초롱초롱 빛을 냈다. 하늘의 한복판에서부터 그가 누워 있는 지상의 텅 빈 벌판을 향해 별들은 크고 긴 띠를 이루며 반짝였다. 별들은 자기 자리를 지키고 있었지만 워낙 환하고 밝게 빛났기 때문에 야곱의 눈에는 흔들리는 것처럼 보였다. 살랑거리는 바람이 별들을, 별들이 모여 만든 조형물을 부드럽게 흔드는 것 같았다. 장관이었다. 그의 가슴이 쿵쾅거리며 빠르게 뛰었다. 집에 있을 때 별들을 보며 시간을 보낸 일이 많았다. 빠르게 움직이거나 움직이다가 갑자기 사라지는 별들을 넋을 놓고 바라보곤 했다. 여러 개의 별들이 모여 동물이나 자연물이나 사람의 어떤 몸동작을 연상시키는 모양을 만드는 경우도 많았다. 가령 하품하는 큰 곰이나 꼬불꼬불 헤엄치며 흐르는 강이나

활을 쏘는 젊은 남자의 굵은 팔과 같은. 그 별들은 기이하고 유별난 생각을 불어넣곤 했다. 어떤 생각은 위험하고 어떤 생각은 언짢고 어떤 생각은 유혹적이었다. 그러나 이런 경우는 없었다. 높은 데서 반짝이지 않고 그를 향해 달려오는 것 같은 착각을 주는 별들은 없었다. 위험하거나 언짢지 않았다. 유혹을 받는다는 생각은 차마 할 여유가 없었다. 그의 마음은 무언가로 가득차서 터질 것 같았지만, 그것이 무엇인지는 말할 수 없었다. 한 번도 경험한 적 없는 이상한 기운이 그를 압도했다. 한 번도 경험한 적이 없기 때문에 그것에 대해 말할 수 없었다. 굳이 말하라고 하면 신성함 같은 것이었다. 그러나 밤하늘의 별이나 드넓은 광야의 깎아지른 벼랑에서 느끼곤 했던 신성함과는 달랐다. 그가 느끼고 있는 신성함은 일종의 숨결 같은 것이었다. 누군가 거기 있는 것 같은. 말하자면 생명. 자연이 아니라 인격. 두려움과 떨림이 그의 온 감각과 신경을 지배했다. 그는 놀라서 눈을 떴다. 이것이 무엇인가! 그는 소리질렀다. 그는 소리질렀다고 생각했으나 그의 목소리는 목에 갇혀 나오지 않았다.

2-3. 야곱은 별들이 자기에게 보여주기 위해 만든 것이 거대한 탑이라고 생각했다. 땅을 딛고 하늘에 닿아 있는 거대

한 탑. 처음 보는 탑이었지만 낯설지는 않았다. 낯설지는 않았지만 놀랍기는 했다. 아득한 옛날에 땅의 사람들이 하늘을 향해 탑을 쌓았다고 했다. 장막 안에서 야곱은 많은 이야기를 들었다. 세상이 만들어진 이후 땅에서 일어난 이야기들은 입에서 입으로 후손에게 전해졌다. 이야기하는 걸 좋아하는 사람은 어디에나 있었다. 야곱은 이야기 듣는 것을 좋아했다. 그가 흥미 있게 듣고 인상 깊게 기억하고 있는 이야기 중에 하나가 그 탑 이야기였다. 그 이야기는 너무 강렬해서 잊히지 않았다. 너무 강렬해서 한 번만 들어도 잊히지 않을 이야기를 그는 수없이 자주 들었다.

그때 도시를 만든 사람들은 하늘에 닿을 탑을 쌓자고 합의했다. "탑을 쌓아 하늘까지 올라가자." "하늘에 닿는 탑을 쌓아 우리 이름을 떨치자." "우리는 흩어지지 말고 한데 모여 살자." 그들은 하늘을 탐냈다. 하늘의 작용 아래 있어야 하는 땅의 사람인 그들은 하늘에 올라가 그 작용을 취하고자 했다. 하늘에 이르러 땅에 대한 하늘의 작용을 빼앗고자 했다. 그것을 자기들의 소유로 만들려고 했다. 작용 아래서 살지 말고 작용 위에서 살자고 서로를 부추겼다. 하늘에 닿기만 하면 하늘로부터 자유로워질 수 있을 거라고 그들은 생각했다. 그것이 그들이 생각하는 그들의 이름을 떨치는 방법이었다. 그리고 그것은 불가능하지 않아 보였다. 불가능한 것처럼 보이는 일을 해낸, 예컨대 도시를 만들어낸 사람들의 자부심은 하늘을 찔렀다. 함께 힘을 합하면 할 수 없는 것이 없다고 그들은 생각했다. 하늘도 차지할 수 있다고 그들은 생각했다. 하늘은 높은 곳에 있었지만 그들의 눈에 보였기 때문이다. 하늘은 멀리 있었지만 늘 그곳에 있었기 때문이다. 높고 먼 것은 높고 먼 것일 뿐 불가능한 것은 아니었다. 달아나지 않는 한 잡을 수 있다는 자신감이 그들에게는 있었다. 하늘이 달아날 리가 없으므로 그들의 자신감이 사라질 일도 없었다.

그들은 벽돌을 만들어 굽고, 땅에 튼튼한 기초를 놓고 벽돌과 벽돌 사이에 진흙을 발라 쌓아올렸다. 사람들은 한데 모여 일했다. 노래하며 일했다. 노동은 축제와 같았다. 탑은 하늘을 향해 올라갔다. 마치 땅속에 뿌리를 깊이 내린 튼튼한 나무가 자라는 것처럼 탑은 조금씩 키를 키워나갔다. 쭉 지켜보고 있으면 눈에 띄지 않지만 시차를 두고 바라보면 어느새 키가 쑥 자라 있는 것을 확인하게 되는 큰 나무와 같았다. 탑은 어떤 나무보다 성장 속도가 빨랐다. 어떤 나무보다 곧게 뻗어올라갔다. 하늘에 도달할 시간이 얼마 남지 않은 것 같았다. 아래에서 위를 올려다보면 탑의 꼭대기가 까마득

했으므로 사람들은 곧 하늘을 차지할 거라고 생각했다. 그러나 하늘은 손에 닿지 않았다. 아래에서 보면 하늘에 닿은 것 같았지만 탑의 꼭대기에 올라 있는 사람의 눈에 하늘은 여전히 그만큼 높은 곳에 있었다. 여전히 그곳에, 여전히 멀리 있었다. 탑이 높아진 만큼 가까워져야 할 하늘은 탑의 높이와 상관없이, 꼭 그만큼 멀리 있었다. 그들은 하늘이 달아날 리 없다는 생각을 수정하지 않을 수 없었다. 하늘은 달아났다. 그들이 올라온 만큼 올라갔다. 그들이 높아진 만큼 높아졌다. 그것이 하늘의 부동성이었다. 그것이 사람들이 움직여서 이룬 높이와는 다른 하늘의 부동의 높이였다. 사람들이 움직여서 높아져도 하늘은 움직이지 않고 높은 채로 있었다.

사람들 사이에 동요가 생겨나기 시작했다. 하늘을 잡을 수 있다는 자신감에 균열이 생기기 시작했다. 흩어지지 말고 함께 힘을 모아 하늘에 닿을 탑을 쌓음으로써 자기들의 이름을 떨치자는 야망을 의심하기 시작했다. 불가능한 것이 없다는 자부심은 교만이었던가, 하는 반성도 나왔다. 목소리들이 많아졌다. 전에는 누구나 같은 말만 했다. "탑을 쌓아 하늘까지 올라가자." "하늘에 닿는 탑을 쌓아 우리의 이름을 떨치자." "우리는 흩어지지 말고 한데 모여 살자." 그때는 다른 말을 하는 사람이 없었다. 다른 의견이 없었으므로 다른 말을 할 이유가 없었다. 그러나 시간이 흐르고 노동의 피로가 더해지고 하늘의 작용을 취할 수 있다는 기대가 무너지면서 다른 말을 하는 사람들이 생겨났다. 다른 의견이 생겼으므로 다른 말을 할 이유가 생겼다. 목소리들이 많아졌다. 여러 말들이 사방에서 튀어나왔다. 하던 대로 계속 탑을 쌓아 기어이 하늘에 이르자고 말하는 사람이 여전히 있었으나, 그러나 그 말은 이제 유일한 말이 아니었다. 하늘에 닿는 탑을 쌓아 이름을 떨치고 흩어지지 말자고 말하는 사람이 아직 있었으나 그 말은 이제 다른 수많은 말들 가운데 하나였다. 각자 자기 말을 했다. 각자 자기 말만 했다. 다른 사람의 말은 들으려고 하지 않고 각자 자기 말만 마구잡이로 했다. 말들은 뒤섞였고 혼잡해졌고 서로는 서로의 말을 알아듣지 못했다. 공사는 중단되었고, 탑에서 땅으로 내려온 사람들은 땅 위로 흩어졌다.

미완성의 거대하고 웅장한 탑이 벌판에 남았다. 이야기를 전한 사람들은 그 탑의 완공이 신의 개입에 의해 무산되었다고 덧붙였다. 신은 사람들의 하늘 침범 욕망을 못마땅해했지만 욕망을 실천에 옮기는 그들의 능력에 대해서는 감탄했다. 사람들이 그렇게 엄청난 일을 해낼 수 있는 것이 하나의 말을 가지고 한데 모여 있기 때문이라고 판단한 신은 온 세상의 말을 뒤섞어 혼잡하게 하고 모여 있던 사람들을 사방으로 흩어버렸다.

2-4. 그 이야기를 들을 때마다 그는 땅에서 시작하여 구름을 뚫고 올라간 엄청난 높이의 탑을 상상했다. 현실 속에는 그 탑을 비유할 수 있는 사물이 존재하지 않았으므로 상상할 수밖에 없었지만, 그 때문에 상상하기가 힘들었다. 상상할 수밖에 없지만 상상할 수도 없는 엄청난 규모의 탑이 이 세상 어딘가에 버려진 채 존재하고 있다는 사실을 믿기 어려웠다. 그는 가끔 그 탑을 땅바닥에 그려보곤 했다. 땅에서부터 시작된 그림 속의 탑은 하늘을 향해 솟구쳐올라갔지만 구름 속으로 들어간 다음에는 보이지 않았을 것이다. 그는 탑의 꼭대기를 그리지 못했다. 그만큼 탑이 높다는 뜻이기도 했지만 그만큼 하늘이 높다는 뜻이기도 했다. 탑은 솟구쳤지만 하늘에 닿지 않았다는 뜻이기도 했다.

야곱은 자기가 눈앞에서 보고 있는 것이 바로 그 탑이라고 생각했다. 그러나 이내 그가 그리던 것과는 다른 탑이라는 사실을 깨달았다. 그의 상상 속 그림과는 달리 눈앞의 탑은 하늘에 맞닿아 있었다. 아니, 그것이 아니었다. 야곱은 서둘러 생각을 정정했다. 이야기 속의 탑, 그가 들은 이야기를 상상하며 그린 그림 속의 탑은 땅에 기초를 놓고 아래에서 위로 차근차근 지어올라간 건축물이었다. 닿고자 하는 욕망에도 불구하고 닿지 못한, 아무리 높이 올라가도 올라간 만큼 더 높아지는 바람에 닿을 수 없는 하늘은 그래서 사람이 만든 탑을 거부하는 것처럼 보였다. 그러나 지금 그가 보고 있는 것은 하늘에 견고하게 붙어 있는 건축물이었다. 땅이 아니라 하늘에서 시작한 건축물이었다. 하늘에서 땅으로. 땅에 기초를 놓고 아래에서 위로 차근차근 지어올라간 것이 아니라 하늘에 기초를 두고 위에서 아래로 차근차근 지어내려온 건축물이었다. 이야기 속의 탑은 꼭대기가 위에 있었지만, 그가 보고 있는 탑은 꼭대기가 아래에 있었다. 모양은 비슷했지만 완전히 달랐다. 야곱은 그런 형태를 어디서도 본 적이 없었다. 들은 적도 없었다. 그가 본 모든 자연물들은 하나같이 땅에 붙어 있었다. 땅에서 시작해 위로 올라갔다. 땅에는 붙어 있고 하늘로부터는 떨어져 있었다. 땅에 붙어 아래는 견고하고 하늘에는 이르지 못해 위는 허전했다. 이 세상의 모든 조형물들 역시 사람이 자연물을 본떠 만들었으므로 다르지 않았다. 다를 수 없었다. 그런데 야곱의 눈앞에 나타난, 별들이 모여 이루어진 조형물은 하늘에 붙어 있었다. 하늘에서 시작했다. 하늘에서 시작해서 땅에 닿아 있었다. 비어 있는 부분이 없었으므로 위도 아래도 허전하지 않았다.

그처럼 완전한 조형물을 본 적이 없었다. 그처럼 아름답고 신비스러운 조형물을 본 적이 없었다. 그러자 두려움이 엄습했다. 입이 벌어지고 몸이 떨렸다. 야곱은 자기가 꿈을 꾸고 있다고 생각했다.

3-1. 야곱은 자기가 꿈을 꾸고 있다고 생각했다. 현실에서는 일어나지 않는 일이 꿈속에서는 가끔 일어나니까. 현실은 일어날 수 있는 일을 제한하지만 꿈은 그러지 않으니까. 꿈은 현실의 인물에게 현실 너머의 세계를 간접적으로 희미하게 경험하도록 허락하니까. 그러니까 그가 보고 있는 것은 현실 너머의 세계였다. 그는 그렇게 생각했다. 그리고 그는 보았다. 현실에서 볼 수 없는 것을 보았다. 까마득히 높은 곳에서 아래로 내려오는 사람들을. 그들은 그 탑을 사다리처럼 타고 하늘에서 땅을 향해 내려왔다. 아주 오래전에 그가 들은 이야기 속에서 사람들은 탑을 타고 올라갔다. 아니, 올라가기 위해 탑을 만들었다. 탑을 만들면서 올라갔다. 그러나 그는 올라가는 사람들이 아니라 내려오는 사람들을 보고 있었다. 그들이 내디딘 한 걸음이 한 층이었다. 그들은 한 층을 한 계단처럼 걸어서 내려왔다. 그 완전한 수직의 아름답고 신비스러운 탑은 사다리가 되어 있었다. 그 탑사다리는 별빛

으로 빛났다. 별이 모여 이루어진 것이니 그럴 수밖에. 그들이 움직이면 주변에 흰빛이 뿌려지는 것 같았다. 야곱은 그들이 천사들이라는 것을 알아보았다. 이전에 천사를 본 적이 없는데도 그들이 천사라는 사실이 곧바로 깨달아졌다. 그 깨달음은 그의 내부에서 비롯한 것이 아니라 외부에서 그에게 찾아온 것 같았다. 누군가 그의 손에 쥐여준 것 같았다. 어떤 천사들은 아래로 계속 내려오고 어떤 천사들은 방향을 바꿔 위로 올라갔다. 야곱은 내려오는 어떤 천사와 눈이 마주쳤다. 그 천사가 자기에게 오고 있는지 모른다는 생각이 들었다. 그는 자기도 모르게 하늘을 향해 손을 들었다.

꿈이라고 하기에는 너무 생생하고 분명했으므로 야곱은 자기가 꿈을 꾸고 있는 것이 아니라고 바꿔 생각했다. 간접적이지도 희미하지도 않았다. 이제까지 경험한 어떤 현실보다 더 현실적이었다. 그러나 그것 때문만이 아니었다. 그 앞에 나타난 현실은 그가 한 번도 경험하거나 상상해본 적 없는 것이었다. 했던 일, 하다가 만 일, 하려고 했으나 어떤 사정으로 하지 못하게 된 일, 하지 못하게 되었으나 포기하지 못한 일, 포기하지 못하고 언젠가 하리라고 마음 한구석에 담아둔 일, 그런 일들이 꿈에 나왔다. 그러나 그는 자기 앞에서 벌어지고 있는 이런 일을 해본 적이 없었고, 하다 만 적이 없었고, 하지 못하게 되거나 하지 못하게 되어 언젠가 하리라고 마음 한구석에 담아둔 적이 없었다. 꿈에서도 바란 적이 없었다. 꿈에서도 바란 적이 없는 것이 그의 꿈에 나타날리 없다고 그는 생각했다. 일어났던 일, 일어나기를 바라는 일만 일어나는 것이 아니라는 것을 야곱은 알지 못했다. 일어난 일이 전부가 아니라는 것, 모든 일에는 처음 일어나는 순간이 있다는 것, 아직 일어나지 않은, 여건이 무르익어 때가 되면 마침내 일어나고야 말 아주 많은 일들이 있다는 것, 땅의 의지를 뛰어넘는 하늘의 작용이 있는 것처럼 바라지 않아도 일어나고 꿈꾸지 않아도 나타나는 일이 있다는 것을 그는 알지 못했다.

3-2. 야곱은 자기가 꿈을 꾸고 있다는 걸 알지 못했다. 천사들이 사다리를 타고 오르락내리락하는 난생처음 보는 광경에 넋이 빠져 있는데 한 목소리가 그를 불렀다. "야곱아!" 목소리는 그의 위에서 앞에서 뒤에서 옆에서 들렸다. 그는 그 목소리가 들려오는 곳이 위인지 앞인지 뒤인지 옆인지 분간하지 못했다. 그러나 목소리는 살아 움직이는 것처럼 분명해서 부정할 수 없었다. 그의 이름이 구체적인 형상인 양 허공에 둥둥 떠다니는 것 같았다. "누구십니까?" 그는 두리번

거리며 목소리의 주인을 찾았다. 목소리의 주인은 그의 위에 앞에 뒤에 옆에 있었다. 그는 그 목소리의 주인이 있는 곳이 위인지 앞인지 뒤인지 옆인지 판단하지 못했다. 그러나 그 목소리의 주인은 실재했다. 그는 위에 있었고 앞에 있었고 뒤에 있었고 옆에 있었다. 아주 가까이 있었고 아주 멀리 있었고, 사다리를 타고 오르내리는 천사들 가운데 있었고, 그 위에 앞에 뒤에 옆에 있었다. 그의 존재는 세상에 편만했다. 그 역시 야곱이 처음 겪는 일이었다. 그 역시 야곱이 한 번도 상상해본 적 없는 일이었다. 꿈에서도 바란 적 없는 일이었다.

야곱은 자기를 부른 목소리의 주인이 여호와라는 것을 알았다. 이전에 천사를 본 적이 없는데도 그가 보고 있는 이들이 천사라는 사실을 직관적으로 깨달은 것과 같은 일이 그 순간 일어났다. 누군가 그의 손에 쥐여준 것 같은 구체적이고 확실한 깨달음. 여호와는 신의 이름이었다. 아버지와 아버지의 아버지는 신을 여호와라고 불렀다. 하란에서 아버지의 아버지를 불러내 가나안으로 이동하게 한 그분을 아버지는 섬겼다. 아버지는 할아버지가 한 것처럼 가는 곳마다 제단을 쌓고 제사를 드렸다. 그 여호와가 그 앞에 나타났다. 그가 제단도 쌓지 않고 제사도 드리지 않았는데, 부르지도 기대하지도 않았는데 나타났다. "나는 너의 할아버지 아브라함과 너의 아버지 이삭의 하나님 여호와다." 여호와는 말했다. 여호와는 '너의' 하나님이라고 하지 않고 '너의 할아버지와 너의 아버지의' 하나님이라고 말했다. 여호와는 그렇게 말함으로써 야곱이 누구인지 안다는 표시를 했다. 여호와는 그렇게 말함으로써 야곱의 아버지와 아버지의 아버지와 맺고 있는 관계의 특별함에 대해 말했다. 여호와는 그렇게 말함으로써 야곱의 아버지와 아버지의 아버지와 맺고 있는 것과 같은 특별한 관계를 야곱과는 맺고 있지 않다는 사실을 암시했다. 동시에 여호와는 그렇게 말함으로써 야곱의 아버지와 아버지의 아버지와 맺고 있는 것과 같은 관계를 야곱과도 맺기 원한다는 사실을 어렴풋이 느끼게 했다.

야곱은 무슨 말인가를 하려고 했지만 세상 천지에 가득한 그의 존재에 압도당해서 아무 말도 하지 못했다. 야곱은 아버지가 제단 앞에서 하는 것처럼 무릎을 꿇고 머리를 숙이려고 했지만 무거운 돌에 눌린 것처럼 몸이 움직이지 않아 그렇게 하지 못했다. 그 가운데서도 그는 자신의 침묵과 무반응 때문에 혹시 그분이 떠나지 않을까 걱정이 되었다. 만나기를 바란 적 없는 것이 확실한데도, 만나기를 간절하게 원해왔던 것처럼 여겨지는 마음을 이해하기 어려웠다. 만나기를 바란 적 없는 것이 확실하지만, 만일 만나야 한다면, 그리고 만나기에 가장 좋은 시간이 있다면, 그때가 바로 지금이라는 생각이 드는 것도 신기했다. 거의 최초로 세상에 홀로 버려진 것 같은 존재, 고아이고 나그네가 된 시간에, 크게 두렵고 깊이 외로운 그의 밤 광야의 자리로 그분은 찾아왔다. 찾지 않았는데 찾아왔다. 마치 그가 가장 두렵고 가장 외로워지는 처지에 놓이기를 기다리고 있었던 것처럼.

3-3. 야곱은 자기가 꿈을 꾸고 있다는 걸 알지 못했다. 희미하지도 비현실적이지도 않았다. 야곱은 들었다. "너와 함께하겠다. 네가 어디로 가든지 너를 지키겠다." 처음에 야곱은 자기가 들은 말을 정확히 이해하지 못했다. 들어본 적이 없는 말이기 때문이었다. 들을 거라고 예상하지 못한 말이기 때문이었다. 그래서 가만히 있었다. 어떻게 반응해야 할지 몰라 가만히 있었다. 귀가 먹먹해지면서 그가 들은 말들이 메아리가 되어 울렸다. 너와 함께하겠다. 너를 지키겠다. 단어들이 서로를 끌어당기며 한덩어리를 이루었다. 덩어리는 뜨거운 불이 되어 그의 가슴에서 타올랐다. 숨을 쉬기 위해 입을 벌리자 불덩이가 밖으로 빠져나왔다. 그는 자기가 울음을 터뜨렸다는 사실을 깨닫지 못했다. 모든 것이 그가 의식하지 못하는 사이에 이루어졌다. 그는 자기 내부에 울음이

들어 있다는 생각을 하지 못했기 때문에 당황했다. 그는 자기 안에 무엇이 있는지 모른다는 것을 인정하고 싶지 않았으나, 그렇게 큰 울음이 자기 안에서 나왔다는 사실을 부정할 수 없었으므로 어쩔 줄 몰라했다.

마침내 그는 자기 안에 무엇이 있는지 자기보다 잘 아는 이가 있다는 것을 인정하지 않을 수 없었다. 그가 들은 말은, 그는 미처 의식하지 못했지만, 그 순간 그의 영혼이 듣고 싶어한 말이기 때문이었다. 그는 혼자였고 외로웠고 두려웠다. 너와 함께하겠다. 네가 어디로 가든지 너를 지키겠다. 그 말은 광활한 세상 한복판에 벌거숭이로 던져진, 고아나 마찬가지인 그에게 꼭 필요한 말이었으나 그 말을 들을 때까지 그는 그 필요를 의식하지 못했고, 의식했다고 하더라도 차마 요청할 수 없는 말이었다. 아버지와 아버지의 아버지라면 아마 할 수 있었을 것이다. 아버지와 할아버지는 가지고 있는, 그런 요청을 하기 위한 조건인 여호와와의 친밀함이 그에게는 없었다. 그래서 그는 놀랐다. 그에게 그런 조건이 없는데, 그래서 요청할 수 없었는데, 그의 내부에 그런 요청이 있다는 것조차 확실히 의식하지 못했는데, 그에게 꼭 필요한 대답이 약속의 형태로 찾아온 것이다.

약속은 자기를 강제하여 스스로의 가능성을 제한하는 담

화이다. 약속하는 자는 약속을 지키겠다는 의무를 스스로에게 부여한다. 약속은 미래의 자기에게 속한 시간과 재화를 상대방에게 내주는 방식으로 자신의 가능성을 축소시킨다. 약속하는 자는 미래의 상황을 전제하지 않은 채 시간을 앞당겨 선택을 함으로써 미래에 나타날 특정 상황 속에서 할 수 있고 해야 하는 더 효율적이거나 더 이로운 판단을 포기한다. 말하자면 약속은 자발적인 부자유 선언이다. 그렇기 때문에 약속은 부자유한 상태에서는 할 수 없다. 그렇기 때문에 약속은 약속을 지킬 능력이 없는 사람이 할 수 없는 담화이다. 내놓을 자유, 포기할 가능성을 갖추지 않은 사람의 약속은, 비록 약속의 형태를 취하고 있다고 해도, 명령에 대한 순종일 뿐이다. 명령에 대한 순종을 약속이라고 부를 수 없다. 명령에 대해서는 순종(의 반응)이나 불순종(의 반응)을 할 수 있을 뿐 약속을 할 수 없다. 명령은 듣는 사람의 자유를 제한하고 약속은 말하는 사람의 자유를 제한한다. 순종은 명령이 없는 곳에서는 발생하지 않으므로 자발적일 수 없지만, 약속은 명령이 있는 곳에서는 일어날 수 없으므로 자발적이다.

살던 곳을 떠나 다른 곳으로 가라는 명령을 받은 야곱의 할아버지는 순종하는 사람이었다. 할아버지는 약속하지 않았다. 약속할 입장에 있지 않았기 때문이다. 그는 순종했다.

그의 순종은 여호와의 명령을 전제한다. 어떤 순종도 명령 앞에 올 수 없다. 순종은 저 스스로 설 수 없다. 자발적 순종이란 없다. 약속한 이는 명령한 분이다. 약속할 수 있는 입장에 있는 이가 항상 명령하는 것은 아니지만, 명령할 수 있는 조건을 가진 이라야 약속도 할 수 있다. 할아버지는 명령과 함께 약속도 받았다. "너는 네 고향과 친척과 집을 떠나 내가 지시할 땅으로 가거라. 내가 너를 축복하여 이름을 크게 떨치게 하겠다. 너는 다른 사람에게 복을 끼치는 사람이 될 것이다. 땅의 모든 민족이 너를 통해 복을 받을 것이다." 여호와는 명령하고 약속한다. 명령은 약속과 결부되어 있다. 명령에 순종하는 것은 자신의 자유를 제한하는 행동이지만 여호와의 약속을 획득하는 행동이기도 하다. 여호와의 자발적인 부자유를 이끌어내는 수단이기도 하다. 약속하는 이는 약속을 지켜야 하는 이가 된다. 명령하는 여호와는 약속함으로써 자신에게 순종의 역할을 부여한다. 명령은 그 명령의 말을 들은 이를 명령에 순종하는 자로 만들고, 약속은 그 약속의 말을 한 이를 약속에 순종하는 자로 만든다.

그 여호와가 야곱에게 찾아와 약속했다. 야곱이 찾지 않았는데 찾아오고 요청하지 않았는데 약속했다. 그는 깨달았다. 자기가 아버지의 아들이고 할아버지의 손자라는 것을. 자기가 여호와의 약속의 혈통이라는 것을. 할아버지가 받고 아버지가 이어받은 그 약속이 자기에게 이어져 있다는 것을. 그는 혼자 있었지만 혼자가 아니었다. 여호와는 그에게 말했다. "나는 너의 할아버지의 하나님이고 너의 아버지의 하나님 여호와다." 그렇게 말함으로써 여호와는 자신을 계시한 것만이 아니라 야곱의 정체도 알려줬다. 그는 혼자가 아니었다. 그는 아버지와 아버지의 아버지에 연결되어 있었다. 그들의 하나님은 그의 하나님이기도 했다. 그들이 받은 약속은 그가 받은 약속이기도 했다. "너와 함께할 것이다. 너를 지킬 것이다." 그의 내부에서 형언하기 힘든 감정의 회오리가 일었다. 야곱의 울음은 통곡이 되었다. 그는 통곡 속에서 말했다. "어디로 가야 하는지 모릅니다. 내 앞에 무슨 일이 기다리고 있는지 모릅니다. 내 길을 내가 모릅니다." 그의 말은 울음에 섞여 정확하게 발음되지 않았다. 그는 정확하게 의사가 전달되지 않는데도 그런 건 아랑곳하지 않고 자기 말만 토해내는 어린아이처럼 되었다. 여호와는 떼쓰는 어린아이를 달래는 어른처럼 부드럽고 낮은 목소리로 말했다. "아직 오지 않은 길을 미리 걸을 필요는 없다. 네가 가는 모든 길을 나도 간다. 이것을 기억해라. 나는 너를 다시 이 땅으로 돌아오게 할 것이다. 이 땅은 내가 네 할아버지와 네 아버지에게 주겠다고 약속한 땅이다. 네가 다시 이곳으로 돌아올 때까지 나는 너를 떠나지 않을 것이다." 위에서 앞에서 뒤에서 옆에서 들리는 목소리는 크고 부드러운 손을 연상하게 했다. 야곱은 크고 부드러운 손이 자신의 등을 쓰다듬는 것 같은 느낌을 받았다. 야곱은 엎드렸다. 야곱은 일어나지 못했다.

3-4. 잠에서 깨어난 야곱의 입에서 탄성이 터져나왔다. "이럴 수가 있는가! 그분이 이곳에 계셨어. 이곳에 계셨는데도 그것을 깨닫지 못했어." 자리에서 벌떡 일어난 야곱은 주변을 둘러보았다. 세상은 아직 어둡고 고요하고 별들은 제자리를 지키고 있었다. 하늘과 땅 사이에 그 말고는 없었다. 하늘과 땅 사이에 있는 모든 것이 오직 그만을 위해 존재하는 것처럼 느껴졌다. 야곱은 세상의 처음을 떠올렸다. 창조신이 단 한 사람을 위해 정원을 만들었다는 이야기를 그는 들었다. 신은 하늘과 땅을 있게 하고, 하늘과 땅에 모든 것을 채우고, 그 한 사람을 그곳에 살게 했다. 그리고 가끔 그곳을 찾아와 거닐었다. 그는 그 정원을 거닐던 신의 자취를 하늘과 땅 사이에 별만 초롱초롱한 밤의 벌판에서 느꼈다. 세상이 최초의 그 정원인 것 같았다. 자신이 최초의 그 한 사람인 것 같았다. 세상은 오직 그만을 위해 존재했다. 그 느낌은 한없이 낯

설고 신비롭고 경이롭고 엄숙했다. 뭐라고 설명하기 힘든 기운이 그를 사로잡았다. 말하자면, 그는 신을 느꼈다. 태초의 정원을 거닐던 신을 밤의 깊은 고요 속에서 느꼈다. 꿈속으로 그를 찾아와 말했던 여호와는 꿈에서 깨어난 후에도 그의 곁에 머물렀다. 꿈의 밖으로 나왔음에도 오히려 더 선명하게 자신의 있음을 알렸다.

야곱은 그곳에서 여호와를 만날 줄 몰랐다. 그분이 그곳에 계시다는 사실을 몰랐기 때문이다. 이제 그는 여호와가 그곳에 있다는 것을 안다. 그러나 그가 몰랐을 때도 그분이 그곳에 없었던 것은 아니다. 그가 알기 시작한 순간부터 그곳에 계시기 시작한 것이 아니라 그가 알기 전부터, 아니, 그의 앎(모름)과 상관없이 그분은 그곳에 계셨다. 그곳에만 계신 것이 아니라 다른 곳에도 계셨다. 그의 앎(모름)과 상관없이 그곳에도 계시고 다른 곳에도 계셨다. 천지가 그분의 거처라는 걸 이제 그는 안다. 어디에나 계셨고 계시고 계실 거라는 걸 안다.

그리고 또 그는 안다. 그분은 어디에나 계시지만 자신을 드러내겠다고 결정할 때까지는 스스로를 숨긴다는 것을. 그분이 계시다는 사실을 알게 되는 것은 오직 그분이 스스로 자신의 모습을 보이기로 결심할 때뿐이라는 것을. 그분이 계시는 걸 알지 못하는 것은 그분이 자신의 모습을 보이기로 결심하지 않기 때문이라는 것을. 드러내고 감추는 것을 그분이 스스로, 어떤 작용이나 누군가의 개입 없이 결정한다는 것을. 사람은 그분이 스스로 자신을 드러낼 때, 드러내기로 결심할 때만 거기 그분이 계시다는 사실을 겨우 인식하게 된다는 것을. 누구도 그분에게 나타나라고, 모습을 보이라고 요구할 수 없다는 것을. 누군가 그의 머릿속에 집어넣어준 것처럼 그 모든 것들이 한꺼번에 깨달아졌다. 그러자 두려움이 엄습했다. 야곱은 두려운 가운데서 떨리는 목소리로 깨달은 것을 털어놓았다. "이곳이 바로 여호와의 집이고 하늘의 문이 아닌가!"

그곳은 여호와의 집이고 하늘의 문이다. 야곱에게 그러하다. 그것은 그분이 그곳에서 야곱에게 보이셨기 때문이다. 그러나 그곳만 여호와의 집이고 하늘의 문인 것은 아니다. 어딘가는 어떤 이의 여호와의 집이고 또다른 어딘가는 또다른 어떤 이의 하늘의 문이다. 그분을 만난 곳, 그분이 자기를 보이신 곳이 그곳이다. 야곱은 그 지역이 루스라는 걸 알았다. 그러나 그는 그곳의 이름을 베델이라고 바꿔 불렀다. 여호와의 집이라는 뜻이다.

| 해설 |

서영채(문학평론가)

무서운 사랑의 미메시스

1. 이승우의 아브라함

이승우 작가의 『사랑이 한 일』을 읽는다. 구약 「창세기」를 다룬 단편 다섯이 모여 있다. 긴장감이 돈다. 이승우 작가의 연작이라도 흥미로울 텐데, 그가 다룬 이야기가 구약의 「창세기」라면 더더욱 예사로울 수가 없다. 그런데 책장을 여니 한 발 더 나간 느낌이다. 「창세기」 중에서도 아브라함 일가의 이야기가 펼쳐진다. 진검승부의 서늘한 기운이 밀려온다. 아브라함을 다루는 소설이라면, 이승우가 지금 키르케고르와 정면으로 대결하겠다는 것인가. 아니면 그는 혹시 더 큰 씨름을 하겠다는 것일까.

소설은 아브라함 삼대의 이야기, 다섯 편으로 구성되어 있다. 소돔 이야기로 시작해서 이삭 이야기를 거쳐 야곱 이야기로 끝난다. 「소돔의 하룻밤」이 출발점이다. 왜 소돔 이야기로 시작한 걸까. 소설 속으로 들어가면 답이 나온다. 하지만 너무 쉽게 나온 답은 틀린 답이기 쉽다. 이 소설을 읽던 내 경우도 그랬다. 답은 아주 뒤에 왔다. 물론 문제가 잘못될 가능성은 언제 어디에나 있다. 또 답에 관해 말하자면, 답은 언제나 가까운 곳에 있지만 그걸 보고도 답인 줄 모른다는 것이 문제이다.

2. 소돔의 문제성

「소돔의 하룻밤」이 책의 첫 자리를 차지한 것도 그렇지만, 이 첫번째 단편에서 인상적인 것은 문체의 독특함이다. 반복되는 문장이 통주저음을 깔아주고, 그 베이스 위를 논리적 변증의 선율이 채워나간다. 이런 문체가 소설에 등장하는 것은 그 자체가 쉽지 않은 일이다. 이야기를 들려주기 위함이라기보다는, 무언가를 따지고 톺아내고 주장하는 데 유용한 문체이기 때문이다. 특정 대상에 대한 비판이나 예찬에 어울리거니와, 어느 쪽이든 그 바탕에 있는 것은 논리의 힘이다. 예를 들자면, 자기 시대를 격렬하게 비판하며 고대적인 것을 찬양했던 19세기 니체의 경우가 있고, 무엇보다도 아브라함의 기적에 대해 논리적 송가를 바친 키르케고르의 예가 우뚝하다. 20세기로 치자면 욕망을 예찬하는, 들뢰즈·가타리의 짧은 산문이 예시될 수 있을까.

물론 소설이라는 장르 자체의 본성을 고려하면, 이런 문체가 소설과 어울리지 않는다고 하는 것도 이상한 말일 수 있다. 어떤 형태의 글쓰기도 포용하는 것이 소설이라는 장르 자체의 톨레랑스이기 때문이다. 좀 특별하다고 말하는 정도로 충분할 것이다. 문제는 다른 데 있을 수 있다. 문체 자체가 아니라, 그 문체가 내용과 어울리지 않는 점이 문제가 아닐까. 논리적 변증이란 기본적으로 전투적인 문체인데, 여기에서 작가가 맞서 싸우려 하는 것은 무엇일까. 「소돔의 하룻밤」에서 전개되는 논리적 변증은, 소돔 일화에 대한 윤리적 핵심을 우회한다는 느낌을 준다. 내용 있는 무언가를 실제로 따지는 일보다는, 구약의 일그러진 세계로 독자들을 인도해 들이는 일에 힘을 쏟는 듯한 모양새이다. 첫번째 에피소드이기 때문에 그럴 수 있겠다고 생각하면서도 고개가 갸웃거려진다. 이런 경우라면, 작가의 싸움이 아니라, 작품의 싸움에 대해 살펴야 하는 것일까.

일단, 첫번째 에피소드로 인해 생겨난 이 두 개의 질문은, 소설 전체의 구도를 감안하면 답을 찾을 수 있어 보인다. 물론 그 답이란 일차적인 것일 뿐이다. 첫째로, 아브라함 서사라는 수준에서 본다면, 소돔 이야기가 첫머리에 온 까닭은 어렵지 않게 말할 수 있다. 하느님이 소돔과 고모라를 멸하려 천사들과 함께 세상에 온 것은 아브라함이 아흔아홉 살 때의 일이다. 그때 아브라함은 아내 사라의 몸에서 아이가 태어날 것이라는 하느님의 고지를 받았고, 소돔은 멸망했고, 그 이듬해 이삭이 태어난다. 천사들의 도움으로, 가족과 함께 소돔에서 빠져나온 롯은 아브라함의 조카이다. 그냥 조카가 아니라, 신의 계시를 받고 메소포타미아의 고향땅을 떠나올 때 아브라함과 동행했던 동지 격이다. 그래서 아브라함은 롯과 그의 가족들이 잡혀갔을 때 그들을 구하기 위해 군사를 일으키기도 했었다. 요컨대 소돔 이야기는 아브라함 일가와 무관한 이야기가 아니라는 것이다.

그리고 뒤잇는 「하갈의 노래」와 「사랑이 한 일」은 아브라함과 두 아들 이야기이고, 마지막 두 편 「허기와 탐식」 「야곱의 사다리」는 아브라함 손자들의 이야기이다. 그러니 소돔 이야기가 앞에 온들 그리 이상할 것은 없다고 하겠다. 게다가 착한 사람 아브라함은 하느님께 애원했었다. 올바른 사람 오십 명이 있다면, 마흔다섯 명이 있다면, 정말 죄송하지만 마흔 명, 서른 명, 스무 명, 열 명이 있다면, 어쩌시겠습니까. 아브라함의 애원은 열 명 이하로 내려가지는 않았고, 소돔과 고모라는 파괴되었다. 아브라함과 그 직계가 직접 당한 일은 아니지만, 여호와와 아브라함의 품성을 드러내 보여주고 또한 이삭의 잉태라는 기적이 예언되는 에피소드들이 소돔 이야기에 포함되어 있는 셈이다. 게다가 소돔 이야기 자체는 구약의 시선이 지닌 몰윤리성이 함축되어 있어 문제가 되는 것이기도 하다.

둘째, 「소돔의 하룻밤」을 다룬 문체의 독특성이 야기한 의문은, 세번째 단편 「사랑이 한 일」을 읽는 순간 해결의 실마리를 찾는다. 동일한 문체가 여기에서 다시 등장하기 때문이다. 다섯 편의 단편 전체를 살펴보면 변증적 문체가 구사된 것은 이 두 편뿐임을 알게 된다. 나머지 세 편은 일반적인 서사 스타일이다. 그런데 이 두 편으로 말하더라도, 똑같은 문체지만 실제로 수행하는 기능이라는 점에서는 둘 사이의 차이가 두드러진다. 논리적 변증이, 첫 편에서는 요설의 효과로 디테일의 빈자리를 채워내는 데 비해, 세번째 단편 「사랑이 한 일」에서는 서사를 전개하고 논리적 격정을 추동해내는

데 위력을 발휘한다. 특히 후자에서는 에피소드의 구성 자체가 아브라함 서사의 윤리적 중핵을 겨누고 있거니와, 변증적 문체가 여기에 크게 기여하고 있다. 그렇다면, 이것은 좀 다른 이야기가 되는 게 아닌가.

3. 아브라함의 기적

책의 한복판에 있는 세번째 단편 「사랑이 한 일」은, 서사의 흐름에서 볼 때에도 정점의 자리를 차지하고 있다. 아브라함의 일생 가운데 가장 중요한 사건이 기록되어 있기 때문이다. 게다가 그 사건은 단지 아브라함에게만 중요한 사건인 것이 아니라, 그를 진정한 믿음의 조상으로 만드는 기적이어서, 구약의 믿음 체계에서 이념의 최고봉에 해당하는 사건이다. 아브라함이 자기 아들 이삭을 제물로 바치는 과정에서 벌어진 이야기가 곧 그것이다. 윤리와 믿음의 차원에서 몇 겹의 역설이 생겨나는 사건이라서 주목의 대상이 되지 않을 수 없는데, 더욱 문제적인 것은 그 사건을 기술하기 위해 이승우가 선택한 문체와 시선이다.

아브라함에게 이삭이라는 아들은 그 존재 자체가 기적의

증표이다. 하느님의 예언에 따라 아브라함이 백 살 때 보게 된 아들이기 때문이다. 그 아들이 예언된 것은 소돔과 고모라 사람들이 불타 죽는 시점에서이기도 했다. 아브라함을 선택한 절대자의 은총의 상징이자 또한 거대한 위력의 증거가 곧 이삭인 셈이다. 그런데 아브라함은 그런 아들을 번제의 제물로 바치라는 하느님의 명령을 받았다. 번제의 제물은 몸을 갈라 마주보게 늘어놓곤 하니, 이제 그는 아들의 배를 가르고 아들의 몸이 타는 냄새를 맡아야 한다는 것이다. 하느님의 명령도, 그 명령에 순종하는 아브라함의 태도도 그로테스크하지 않을 수 없다.

대의를 위해 자식을 바친 경우라면 물론 적지 않은 예들이 있다. 국운을 건 전쟁에서 희생 제물이 필요하면 사령관은 제 자식을 희생하곤 했다. 트로이 원정길에 나선 그리스 연합군의 대장 아가멤논은 딸 이피게네이아를 신의 제물로 바쳤고, 신라 장군 품일은 전쟁의 승리를 위해 아들 관창을 사지로 내몰아 죽게 만들었다. 이들의 경우는 각각의 실상과 무관하게, 이른바 공적 대의를 위한 희생이었다. 명분 있는 죽음이었다는 것이다. 그런데 아브라함은 무엇을 위해 아들을 죽이려 했나. 이 질문에 답하기는 쉽지 않다. 하느님의 명령에 순종하기 위함인가. 왜 무조건 순종인가. 말을 안 들으면 응징하는 무서운 존재라서? 하느님이 준 축복의 언약을 실현하기 위해? 그 자체가 축복인 아들을 죽이면서 축복의 실현이라면 말이 될까. 게다가 그 축복이라는 것이 하늘의 별처럼 자손이 번성하게 해주겠다는 것이지 않은가. 후손의 번창은 바로 그 아들을 통해 약속된 것인데, 언약의 실현을 위해 그를 죽이는 것이 말이 되나.

어찌 인간이 하느님의 뜻을 제대로 알겠느냐고 사람들은 말한다. 이런 역설과 부조리를 넘어서야 비로소 믿음의 차원이 열린다고. 그것이 키르케고르가 아브라함을 믿음의 영웅이라고 소리 높여 외친 근거이기도 하다. 세속의 눈으로 보자면 아브라함은 직계비속 살인미수범이지만, 그와 같은 법적 윤리적 시련을 넘어 믿음의 세계로 나아감으로써 그는 세 종교, 유대교와 기독교, 이슬람교의 조상이 되었다. 더욱이 한국어 신약의 첫머리는 아브라함의 이름으로 시작된다. 「마태복음」에 나온 예수 그리스도의 족보를 보자면, 아브라함이 시조이고 다윗이 중시조 격이 된다. 아브라함의 위치가 그러하다. 그냥 조상도 아니고 믿음의 조상이다. 「사랑이 한 일」의 경우도, 논리 자체는 여기에서 크게 벗어나지 않는 것이 아닐까. 처음 읽을 땐 그래 보였다.

그런 첫인상으로 말한다면, 이렇게 말할 수 있겠다. 소설의 첫머리에 온 소돔 이야기는, 바로 이 절정을 위해 마련된 서막이라고, 그래서 절정의 서사와 동일한 문체로 쓰인 것이라고. 말하자면 소돔의 문체는 독자들을 위한 일종의 문체 연습으로 마련된 것이라고, 혹은 저 그로테스크한 아브라함의 행적을 소리 높여 찬양했던 키르케고르에 대한 오마주일 수도 있겠다고, 등등.

4. 두 개의 의문

그럼에도 이런 판단에 여전히 미진함이 남는 것은, 충분히 풀리지 않은 의문이 있기 때문이다. 두 가지 점에서 그러하다. 우선, 소돔 이야기가 지니는 몰윤리성의 충격이 해소되지 않는다는 점이다. 아브라함의 행적 가운데 가장 중요한 사건이 아들을 신에게 바치는 것이었다면, 대홍수 이야기와 함께 구약의 세계에서 가장 중요한 위치에 있는 사건이 소돔과 고모라의 멸망 이야기일 것이다. 둘 모두 인간을 상대로 하여, 여호와 하느님이 제대로 자기 실력을 행사한 사적들이다. 한 번은 물로 또 한 번은 유황불로. 이것저것 가리지 않고 세계 전체를 휩쓸어버렸다. 노아와 롯은 그 전체로부터의 예외자들이었다. 그 절대적 분노의 가공할 만한 위력을 지켜본 사람의 입장에 서면, 특히 그 무차별적 분노의 대상이 된 사람의 시선으로 보면, 이런 사태는 경악할 만한 일이 아닐 수 없다. 공포와 두려움으로 사지가 떨릴 일이다.

논리적 변증의 문체가 소돔 이야기를 만난다면, 신앙과 윤리 사이에 놓인 이 문제를 회피할 수 있을까. 그 무시무시한 하느님께 자애를 청했던 아브라함은, 왜 의인의 숫자를 헤아리며 열 명 밑으로는 내려가지 않았나. 아홉 정도는 죄 없이 죽어도 상관없다는 말인가. 롯의 아내가 저지른 실수는 그 자리에서 소금기둥이 될 만큼 치명적이었나. 죄 없는 한 사람을 죽이는 것은 인류 전체를 죽이는 것이라는 말도 있는데, 설마 단 한 명의 '의인'도 없었을까. 작가는 변증적 문체로 소돔을 다루면서도 이 문제를 우회해버렸다. 무엇 때문일까.

또하나의 의문은, 번제의 기적을 다룬 「사랑이 한 일」의 화자가 이삭으로 설정되었다는 점과 연관된다. 나는 이 사실의 중요성을 그다음 단편, 「허기와 탐식」을 읽으면서 깨닫게 된다. 게다가 일인칭 화자 이삭의 독백이 사랑이라는 단어와 연관되어 있다. 아버지 손에 죽을 뻔했던 아들이 살아남은 후에 스스로 묻고 답한다. 무엇 때문에 아버지는 그랬을까. 소설의 통주저음은 반복한다. "그것은 사랑 때문에 일어난 일이다." 이 문장은 소설의 첫머리에 나와서 새로운 의미단락이 시작될 때마다 반복된다. 사랑 때문이다! 그런데 사랑 때문이라고? 누구에 대한, 누구의 사랑이라는 말인가. 그 사랑은 어떤 사랑인가. 자연스럽게 흘러나오는 이런 질문들에 직면하게 된다. 이 의문문들을 응시하다보면 새로운 질문이 솟아난다. 혹시 이승우가 벌이고자 하는 씨름 상대가 사랑이 아닐까. 그렇다면 여기에서부터 소설은 다시 시작되는 것이 아닌가.

아브라함이 아니라 이삭의 시선으로, 그러니까 영문도 모르는 채 번제의 희생양이 될 뻔했던 사람의 시선으로 사태를 바라본다는 것은 예삿일이 아니다. 그것은 불벼락을 맞는 사람의 시선으로 소돔의 이야기를 바라보는 것과 다르지 않다. 그런 시선이라면, 구약의 서사가 절대로 허용할 수 없는 것이다. 그것은 흡사 「욥기」에서 신과 사탄의 내기에 걸려 무고하게 죽어버린 욥의 가족들에게 마이크를 주는 일과도 같기 때문이다. 그런다고 해도 하느님의 무시무시한 위력은 꿈쩍하지 않겠지만, 공의로운 아버지 하느님은 존재할 수 없게 되는 것이다. 그런데 세번째 단편 「사랑이 한 일」에서 이승우는 그런 일을 해버린 셈이 아닌가. 이 점이 좀더 분명하게 드러나는 것은 「허기와 탐식」에서 늙은 이삭과 두 아들 이야기가 등장하면서부터이다.

5. 소설이 시작되다

네번째 단편 「허기와 탐식」은 늙은 이삭과 두 아들 이야기이다. 이삭은 가부장의 권리를 장남인 에서에게 주고자 했으나 뜻을 이루는 데 실패한다는 것이 그 골자이다. 늙고 눈이 멀어 판단이 흐려진 이삭이, 부인 리브가와 둘째아들 야곱의 속임수에 넘어간 탓이다. 이 이야기를 다루는 작가는 허구의 도입에 매우 적극적이어서, 이제야 비로소 소설이 시작되는 듯한 느낌을 준다. 물론 그것이 착각에 불과할 뿐이었음을 나는 나중에 깨닫게 된다. 소설은 이미 시작되어 있었다. 네번째 단편이 대단한 존재감으로 인해 새삼 그것을 깨우쳐주었을 뿐이다. 늙은 이삭의 처량한 이야기가 흘러나오자, 그 앞에 있던 세 개의 단편들도 일제히 꿈틀거리며 머리를 쳐들기 시작했다고나 할까. 사랑과 편애의 문제가 그 핵심에 있거니와, 거기에는 아브라함 서사 전체를 뒤흔들 만한 파괴력이 내장되어 있다. 그 힘은 믿음에 맞서는 문학의 힘, 디테일을 갖춘 서사로서 미메시스의 힘에서 비롯된다.

구약의 관점에서 볼 때, 이삭의 쌍둥이 아들 이야기에서 핵심은, 둘째 야곱이 아버지를 속여 가부장의 권리를 가로채는 사건에 있다. 자기 욕망에 순수한 야곱이 잘못을 저지르고, 참회를 통해 적통을 잇는다는 것이 골간이다. 그러나 이승우의 「허기와 탐식」이 주목하는 지점은 다른 데 있다. 소설은 묻는다. 아버지 이삭은 왜 맏아들 에서를 편애했는가.

둘째아들 야곱은 집에 있기 좋아하는 내성적인 성품임에 비해, 맏아들 에서는 바깥으로 나도는 활달한 사냥꾼에 솜씨 좋은 들짐승 요리사이다. 이삭은 에서를 사랑했지만, 유대 가부장의 적통은 야곱에게 이어진다. 구약의 결과가 보여주는 논리로 말하자면, 경쟁에서 승리하는 사람은 언제나 유목민이다. 카인 같은 농사꾼, 롯 같은 도시 거주민, 이스마엘이나 에서 같은 사냥꾼 들은 적통 경쟁에서 패배한다. 그 반대편에 있는 유목민들, 아벨과 아브라함, 이삭, 야곱이 하느님의 선택을 받는다. 그리고 그들의 대부분이 유대 민족의 적통이 된다. 이것은 이미 실현된 사건들의 연쇄이며 굳어진 역사여서 이론의 여지가 없다. 소설이 개입한다면 적통에서 벗어난 사람들의 이야기가 될 것이다. 아벨이 아니라 카인의 이야기 같은 것이 그런 예일 것이다. 그런데 여기에서 보이는 이승우의 스탠스는 절묘하다. 적통으로 선택받았음에도 자기 자신의 선택에서는 실패하는 편애의 주체, 이삭에 주목한다는 점에서 그러하다.

「허기와 탐식」에서 이승우가 제시하는 이삭 이야기의 경개는 이러하다(아브라함이 아니라 이삭의 이야기라는 점에 주의하자). 이삭이 맏아들 에서를 사랑한 이유는, 자기가 받은 상처와 그 상처가 찾아낸 위로 방식 때문이었다는 것이다. 상처는 바로 앞 편에서 벌어진 사건, 곧 아버지 아브라함이 자기를 제사의 제물로 바치려 했던 사건으로 인한 것이다. 까닭을 모르는 채로(코란에서는 이삭이 아니라 이스마엘이 번제의 제물이 된다. 이스마엘은 하느님의 요구가 있었다는 아버지의 말을 듣고 기꺼이 제단에 오른다는 점에서 구약과 다르다), 가장 신뢰했던 아버지의 칼날에 죽을 뻔했던 경험이 그에게는 지울 수 없는 상처가 되었다. 그것이 정신적 외상이 되었고 그로 인해 고통을 받았다. 모리아산에서 살아남아 홀로 밤을 새우고 내려올 때 그에게 떠오른 것은 자기가 젖뗄 무렵 쫓겨났다던 이복형 이스마엘의 모습이었다. 이삭은 사냥꾼이 되었다는 형을 찾아 나섰고, 형의 장막에서 형이 잡아준 들짐승의 살을 먹었다. 그것이 그에게 위로가 되었다. 늙어서까지 남아 있는 이삭의 허기는, 치유되지 않은 채 남아 있는 외상적 사건의 증상이다. 그런 이삭에게, 사냥꾼이 된 맏아들 에서는 이복형 이스마엘의 또다른 모습에 다름 아니다. 맏아들 에서가 잡아온 들짐승 요리가 여전히 이삭에게는 위로가 되는 것이다. 그러니 맏아들 에서를 사랑하지 않을 수 없었다는 것이다. 요컨대 이삭의 편애는 이유가 있다는 것이다.

이승우에 의해 이 같은 이삭의 내면이 펼쳐지면, 19세기 활동사진 같았던 구약의 이야기가 갑자기 입체영화로 변모한다. 그것을 바라보는 사람들 또한, 모리아산에서의 번제 사건을 다룬 「사랑이 한 일」과 또한 이스마엘과 그 모친이 쫓겨나는 「하갈의 노래」를 다시 돌아보지 않을 수 없게 된다. 둘 모두 독백으로 구성되어 있다. 두번째 단편에서는 아들과 함께 쫓겨가는 하갈이 화자가 되고, 세번째 단편에서는 모리아산에서 살아남은 이삭이 스스로에게 말을 한다. 이 이야기 속에서 아브라함이라는 고유명사는 등장하지 않는다. 이삭에게는 아버지로, 하갈에게는 삼인칭 대명사 '그'로 등장할 뿐이다. 그들은 묻는다. 왜 당신은 내게 이런 짓을 했는가. 그 질문은 아브라함에 대한 질문이자 그의 주인인 여호와 하느님에 대한 질문이기도 하다.

「사랑이 한 일」에서 이삭이 반복하는 대답이 있다. 앞에서 언급했듯이, "그것은 사랑 때문에 일어난 일이다"라는 문장이 그것이다. 이 문장을 이삭은 직계비속 살인미수범인 자기 아버지, 아브라함의 목소리로 듣는다. 그것은 이삭이 그 자신에게 반복하는 말이기도 하다. 그런데 누가 누구를 사랑했기 때문이라는 것인가. 말할 것도 없이 내가 너를 사랑했기 때문이라는 대답이 돌아온다. 이삭과 아브라함과 여호와 하느님 중에, 이삭은 오직 사랑의 대상일 뿐이다. 사랑의 주체는 아브라함과 여호와이다. 그들은 물론 사랑의 대상이기도 하다. 그러니까 아브라함과 그의 하느님은 서로 사랑하고 사랑받는다. 그리고 그들은 이삭에게 사랑을 준다. 그러나 이삭은 주체가 아니라 대상일 뿐이다. 오로지 사랑을 받기만 할 뿐이다. 그래서 이삭에게는 입이 없어야 한다. 주체가 아닌 자는 질문할 권리가 없는 것이다. 구약의 이삭이 그러했다.

그런데 이승우는 그런 이삭에게 입을 달아주었다. 그 입은 구약에 없는 입이다. 그뿐 아니다. 이삭보다 먼저 하갈에게 입을 달아주었다. 입이 생긴 자들은 묻는다. 하갈도 이삭도 묻고 또 묻는다. 당신은 내게 왜 이러는가. 「사랑이 한 일」의 이삭은 묻는다. 왜 내가 사랑을 받아야 하는가. 왜 내가 죽었어야 하는가. 그리고 그는 그 대답을 아버지의 목소리로 듣는다. 사랑 때문이다. 그리고 그 옆에는 탄식인 듯 따라붙는 문장이 있다. "사랑은 참으로 무서운 것이다."(102쪽) 하지만 어떻게 사랑이 무서운 것일까. 진짜 무서운 것은 사랑이 아니라 다른 데 있다고 해야 하지 않을까. 어쩌면 아브라함도 이삭도 너무 무서워, 진짜 무서운 그 대상을 제대로 거론할 수 없었던 것은 아닐까.

6. 신의 편애, 인간의 사랑

제 손으로 제 자식의 몸을 가르는 일이 어떻게 가능할까. 더욱이 아무런 대의도 없고 까닭도 없이 그런 일을 하는 것이 가능한 일일까. 「사랑이 한 일」에서 이삭이 찾은 대답은 사랑 때문이었다. 그러나 그것은 대답을 찾지 못했다는 말과 다르지 않다. 이 경우 사랑이라는 말은 아무런 뜻이 없는 말이기 때문이다. 어떻게 전지전능한 신이, 자기가 사랑하는 존재에게 그런 가혹한 시련을 줄 수 있을까.

무서운 하느님의 뜻은 알 수가 없다. 어쨌든 분명한 것은 아버지 아브라함이 아들 이삭을 끔찍하게 사랑한다는 것이다. 그것은 누구나 안다. 제삼자적 시선으로 이 사건을 보면 어떤 그림이 그려질까. 아브라함 부자를 둘러싼 일련의 사건은, 어떤 스토커에 의해 자행된 매우 특이한 형태의 인질극이라 해야 하겠다. 여기에서 인질은 이삭이 아니라 하느님의 언약이다. 그런데 그 언약은 이삭의 몸속에 새겨져 있다. 그래서 이삭은 인질이 아니면서 또한 인질이기도 하다. 아브라함이 어쩔 줄 몰라 하는 것은 당연한 일이다.

경악할 만한 위력을 지닌 무서운 스토커가 있고, 그 스토커의 기이한 요구에 순종하지 않을 수 없는 아버지가 있다. 그리고 그 뒤에는, 까닭 모르고 그 사건에 휘말렸다가, 가까스로 목숨을 건진 후 이 사태를 바라보는 아들이 있다. 이 이해할 수 없는 사태에 대해 아들이 묻는다. 그리고 스스로 답을 얻는다. 아버지가 나를 사랑했기 때문이고, 스토커가 아버지를 사랑했기 때문이라는 것이다. 그런데 그런 사랑이 과연 사랑일 수 있을까. 스토커의 사랑은 오히려 저주가 아닌가. 게다가 아브라함은 정말 하느님을 사랑한 것일까. 저항할 수 없는 위력에 순치된 것이 아닐까.

그러나 이런 생각은 옳지 않다고, 주체가 되는 것은 어렵지만, 믿음의 주체가 되는 것은 더욱 어렵다고 사람들은 말한다. 외부의 명령에 고분고분 복종하는 존재를 두고 주체라고 하지는 않는다. 자신의 판단에 따라 책임 있는 행동을 하는 것이 주체의 자세이다. 주체가 되기 위해 때로는 권위자의 요구를 거절하고, 때로는 범법자가 되기도 해야 한다. 그런데 신앙의 주체는 여기에서 한 발 더 나아가야 한다고 사람들은 말한다. 범법자가 되는 것을 감내하는 것이 아니라, 오히려 범법이라는 개념 자체를 넘어서 가는 것, 자기 판단이나 위반이나 저항 같은 것이 아니라 오히려 절대적 복종을 통해 도달하는 것이 신앙에서 주체의 자리라고. 믿음은 합리적이지도 윤리적이지도 않다고, 그래서 믿음이라고. 합리적이라면 자기 지성에 대한 믿음일 뿐이고, 윤리적이라면 자기 도덕적 판단력에 대한 믿음일 뿐이라고. 그것과 구분되는 기이한 차원에 믿음이 있다고.

「사랑이 한 일」에서 이삭의 독백이 보여주는 것이 그와 같은 그림이다. 그것은 일찍이 19세기의 키르케고르가 보여주었고, 21세기의 지젝이 다시 강조했던 그림이기도 하다. 불가능한 요구를 가능한 것으로 만들겠다는 것, 사랑은 무서운 것이지만 그 무서움을 오히려 사랑하겠다는 이삭의 결의가 그것이었다.

그런데 「허기와 탐식」에서는 전혀 다른 그림이 펼쳐진다. 여기에는 두 개의 사랑이 맞서 있다. 가부장권을 두고 에서와 야곱이 맞서 있으니, 사랑이라기보다는 두 개의 편애가 맞서 있다고 해야 할까. 신의 편애와 인간의 사랑이라 함이 더 적절할 수도 있겠다. 본디 모자란 존재인지라 인간의 사랑이 특정 대상으로 향해 가는 것은 어쩔 수 없다. 인간의 사랑은 그 자체가 편애이다. 그러나 완전성의 존재인 신의 사랑은 그럴 수 없다. 햇볕처럼 차별 없이 땅 위에 쏟아져야 하는 것이 신의 사랑이다. 신이 특정한 누군가를 사랑한다면 그것은 편애일 수밖에 없다. 야곱을 향한 신의 사랑은, 달빛이 특정 강물 한곳에만 쏟아지는 것처럼 기이한 편애가 아닐 수 없다.

그러니까 에서를 선택한 늙은 이삭은, 하느님의 편애에 맞서 인간의 사랑을 내세운 셈이 된다. 물론 그는 패배할 것이다. 그걸 알면서도 이삭이 맏아들 에서에게 적통을 물려주겠다고 작심하는 순간, 이삭은 적통의 계승자이면서도 정신적으로는 그 적통의 흐름으로부터 벗어나버린다. 그럼으로써 이삭은 자기 자신이 아니라 이복형 이스마엘이 되고, 더 나아가 카인이 된다. 이삭이 카인과 구분되는 점은 항변의 내용일 뿐이겠다. 아벨을 죽인 카인의 행위가 자신을 선택하지 않은 하느님에 대한 항변이라면, 야곱이 아니라 에서를 선택한 이삭은 하느님을 향해 이렇게 항변하고 있다. 왜 하필 나인가. 그것은 스토커를 향한 항변에 다름 아니다.

그러니까 이 지점에 서면 「사랑이 한 일」에 펼쳐진 이삭의 다짐, 곧 불가능한 요구 속에 갇혀버린 타자의 부족한 사랑을 자신의 사랑으로 채우겠노라던 이삭의 의지는 헛것이 되어버린다. 작가 이승우는, 그날 밤 홀로 남은 산정에서 이삭이 하느님의 목소리를 들었다는 것을 우리에게 알려주었다. 무슨 말이었을까. "내가 알아들은 말은 아주 조금밖에 되지 않는다"(122쪽)라고 하니, 더 물을 수는 없겠다.

7. 감동적인, 역겨운

「창세기」의 기본 원리가 사랑이라면, 그 사랑은 「사랑이 한 일」에서 이승우가 말하는 것처럼 무서운 사랑이다. 구약의 원리에 따를 때, 사람들에게 사랑은 주는 기술이 아니라 받는 기술이어야 한다. 은혜가 다가오면 저항하지 말고 받아야 한다. 받는 것은 상대를 주는 사람으로 만든다. 많이 받을수록 주는 사람의 위력은 더 높아진다. 현세 기복 종교의 신들이 지닌 본성이 곧 그것이다. 은총을 받는 사람들이 번성하고 번영할수록 하느님의 영광은 더 크고 높아진다. 은총과 영광의 교환에 조건이 달려 있음은 물론이다. 은총과 영광의 양이 비례하듯이, 사람에게 주어진 복의 분량과 신에 대한 믿음의 강도도 비례한다.

그런데 아브라함은 여기에서 한 발 더 나아간다. 믿음의 조상 아브라함은 좋은 것만이 아니라 나쁜 것까지 두말 않고 받음으로써, 은총과 영광 사이 등가교환의 질서를 파괴해버린다. 그럼으로써 아브라함은 조건 달린 현세 기복의 신성의 위에 조건 없는 믿음의 얼굴을 씌워놓는다. 놀라운 일이 아닐 수 없다. 「창세기」는 하느님의 편애가 승리한 역사인데, 아브라함의 무조건적 복종이 있어 그 편애가 사랑이 될 근거를 확보하기 때문이다.

「사랑이 한 일」에서 이승우가 말하듯이, 아브라함이 하느님에게 이삭의 목숨을 바치는 것은 논리적으로 불가능한 일이다. 그런 행위 자체가, 이삭을 통해 아브라함의 자손을 번성케 하리라는 하느님의 언약을 정면으로 부정하는 것이기 때문이다. 하느님의 자기부정이 되는 것이다. 이에 대해 신약의 「히브리서」는, 아브라함이 부활을 믿었기 때문에 거리낌없이 제 자식의 몸에 칼을 겨눌 수 있었다고 했다. 그러나 그런 논리는 아브라함의 행위를 오히려 하찮게 만드는 것이라 해야 할 것이다. 죽은 몸의 부활에 대한 확신이 있다면, 아들의 목숨을 요구하고 바치는 행위는 그저 여호와와 아브라함이 벌인 한 판의 연극일 뿐이기 때문이다. 서로를 위한 것이건 제삼자를 향한 것이건, 알고 한 연극이라면 그것을 대단한 일이라고 해야 할 이유가 사라져버린다.

이런 지점에 오면 묻지 않을 수 없게 된다. 그런데 대체 어쩌다 이런 그림들이 만들어진 것일까. 「창세기」의 차원에서 보자면, 신의 고독이 문제라고 해야 하지 않을까. 홀로 충만하신 분이 무슨 연유로 세상과 사람들을 만들어서 못 볼 꼴을 보고, 또 못 들을 소리까지 들어야 할까. 인간과 세계를 사랑했기 때문이라는 말은, 「사랑이 한 일」에서 이삭의 대답이 그랬듯이 어디까지나 인류의 자기중심적인 해석일 뿐이다. 객관적으로 보자면, 자족적 신성의 버그나 일탈이라고밖에 달리 할말이 없어 보인다. 그로 인해 생긴 틈을 메워내는 것이 그리스도의 존재 이유이기도 하거니와, 이는 구약 세계 바깥의 이야기가 된다.

소설의 차원에서라면 어떤 답을 내놓을 수 있을까. 하늘의 별들 때문이라 해야 하지 않을까. 밤하늘에서 아름답게 빛을 발하는 무수한 별들, 고개를 들어 그 별들을 응시하지 않을 수 없게 생긴 사람들, 이 둘 사이의 관계가 문제라면 문제일 것이다.

아브라함도 이삭도 야곱도 별을 보았다. 아브라함은 하느님의 말씀 속에서 별을 보았다. 하늘의 별처럼 많은 자손을 보장해준 하느님의 언약이 곧 그것이다. 천국이 아니라 바로 내가 사는 이 땅에서 나와 후손들이 복 받을 것이다. 권세와 존경과 영화를 누릴 것이다. 하지만 그렇게 별 바라기를 하는 아브라함의 모습을 우리는 위대한 것으로 기릴 수는 없는 일이다. 저런 정도가 믿음의 원천이라면, 비록 우리 자신이 그가 바라본 그 많은 별들 중 하나라 해도, 후손으로서 존중하거나 감사할 수는 있어도 그 자체로 기릴 수는 없기 때문이다.

이삭과 야곱이 본 별은 조금 다르다. 이승우는 모리아산에서 살아남은 이삭이 홀로 하늘의 별을 보고 하느님의 말씀을 들은 것으로 설정해두었다. 또 제가 저지른 짓이 무서워 도망친 야곱이 베델 벌판에서 노숙하면서 바라보게 된 것이 하늘의 별들이다. 별들이 발하는 찬란한 빛의 아름다움과 무한성이 뿜어내는 신비로움 앞에서는 어떤 논리적 변설도 힘을 쓰기 어렵다. 놀랍고도 아름다운 무한성이 생생하게 내 눈앞에서 빛을 발하는데, 그래서 내가 입 다물지 못하고 하늘을 바라보는데, 그 어떤 언어가 힘을 쓸 수 있을까. 이삭이 홀로 산정에서 하느님의 소리를 들으면서도 제대로 이해할 수 없었던 것도 그 때문일 것이다.

그런데 둘 중에서도 야곱이 바라본 밤하늘이 압권인 것은, 거기에서 그가 본 환각 같은 꿈이 있기 때문이다. 그의 환상

속에서 순차적으로 병치되는 두 개의 장면이 있다. 바벨탑과 하늘의 문이 그것이다. 에로스와 아가페의 상징으로서 그 둘의 대조가 의미하는 바는 자명하다. 높은 곳에 오르고자 하는 인간 의지의 헛됨은 배경일 뿐이다. 하느님의 은총이 내려오는 하늘의 문이 그 반대편에 있고, 그 문이 열려 사다리가 지상으로 이어진다. 탑과 사다리는 모두 지상과 천상을 연결하는 것이지만 방향은 정반대이다. 야곱의 사다리는 천상에서 지상으로 내려온다. 천사들이 오르내리며 하느님의 일을 한다. 그 아름다운 장면의 한복판에 하느님의 음성이 있다. "나는 너의 할아버지 아브라함과 너의 아버지 이삭의 하나님 여호와다."(200~201쪽) 아브라함이 드디어 제대로 된 고유명사로 등장하는 유일한 장면이기도 하다. 그 하느님이 말한다. "너와 함께하겠다. 네가 어디로 가든지 너를 지키겠다."(202쪽)

이 장면이야말로 소설의 대단원이라 해야 할까. 죄를 짓고 도망치듯 집을 빠져나온 야곱의 입장이 된다면, 놀랍고도 감동적인 장면이 아닐 수 없겠다. 집안의 하느님이 현몽하여 한심한 인간을 평생 지켜주겠다고 하시니, 제가 원하지도 않았는데 문득 찾아와 이토록 커다란 선물을 주시니, 감격으로 가슴에서 뜨거운 불이 솟고 눈물이 터져나오는 것이 당연할 것이다.

그러나 그 감동은 야곱의 가슴속에서만 살아 있을 수 있다는 것이 문제이다. 그의 기억 속에서는 감동이지만 그 바깥을 나온다면 어떤 일이 벌어질까. 누구에게 그 내용을 전할 것이며, 누구의 공감을 얻을 수 있을까. 야곱과 같은 마음을 가진 사람에게는 그 경험이 보석 같은 것일 수 있을 것이다. 야곱 일화에서 드러나는 절대자의 사랑은, 사람으로서는 헤아릴 수도 종잡을 수도 없는 자의적인 것이다. 그러니 야곱의 감동과 깨달음은 다른 사람들의 부러움을 살 수는 있어도 같은 수준의 공감을 얻기는 힘든 것이다. 그것은 흡사 악마의 지갑 속에 든 보석과 같다. 지갑 속에 있을 때는 보석이지만, 다른 사람에게 꺼내놓으면 빛을 잃어버린다. 돌덩이로 변해버린다면 다행한 일이지만, 그것도 아니라서 문제이다.

8. 소돔의 사다리

이승우는 「창세기」에 담긴 정통의 선을 크게 벗어나지 않은 채로 아브라함 일가 삼대의 이야기의 윤리적 핵심을 재현해놓았다. 사건에 카메라를 들이대고 시선에 인격을 부여하면, 또 그 시선으로 디테일을 포착하게 하면, 앙상한 줄거리뿐인 서사가 살아 움직이기 시작한다. 재현된 서사가 자기 길을 가기 시작하면, 원래의 서사와 재현된 서사가 겹쳐지면서 둘 사이에 간극이 생겨나고, 그 간극으로부터 세번째 텍스트의 언어가 흘러나온다. 그것을 무엇이라 부를까. 진리라고 하면 너무 거세고, 진실이라 부르는 것은 너무 소박하다. 그냥 또다른 앎이라고 불러두는 것이 좋겠다. 미메시스를 통해 문학이 생산하는 또다른 앎이다.

작가는 작품에 사랑이라는 이름을 붙였으나, 정작 작품이 기록하고 있는 것은 편애의 역사이다. 그것은 작가 이승우가 미메시스의 충직한 장인이기에 생겨난 일이겠다. 그 덕에 우리는 새로운 사유의 세계로 갈 수 있는 통로 하나를 얻는다.

편애의 서사를 사랑의 역사로 읽는다면, 그것은 신의 편애가 자기 것이라 생각하는 사람의 일이겠다. 한 사람이 속마음으로 그렇게 생각하는 것은 그저 부러워할 일이지만, 한 집단이 똘똘 뭉쳐 그렇게 주장하고 나선다면, 우리는 악마의 지갑 속에 있던 보석이 돌덩이가 아니라 오물덩이로 변하는 모습을 보아야 한다. 그것은 역겨운 일이 아닐 수 없다. 사랑은 편애일 수밖에 없지 않으냐고, 그것이 현실이 아니냐고 변명하지는 말자. 사람이 아니라 하느님의 사랑을 말하는 자리이다. 게다가 지금 우리에게는, 하늘 문이 열려 사다리를 타고 내려오는 조상신의 은총 말고도, 마굿간에서 시작하여 사람들의 마음을 타고 전세계로 퍼져나간 놀라운 사랑이 있기 때문이다.

당대의 헤겔주의자들에 맞서 아브라함의 기적을 예찬한 키르케고르의 글은 그 자신의 마음속에 기록된 것으로 읽어야 하겠다. 일기와 같은 것이니, 누구도 손대기 어렵다는 수준이어야 한다. 그가 비판한 헤겔 뒤에는 바울이 있으되, 아브라함의 할례가 아니라 마음의 할례가 중요하다고 했던 바울의 말은, 편애의 담장을 허무는 쇠망치 같은 것이다. 그 망치가 허문 담장이 어찌 편애뿐일까. 그가 허문 담장은 소돔의 성벽이기도 하다.

담장이 있는 곳은 어디나 소돔이다. 무리지어 작당하고 울타리를 쳐서 배척하고, 올바름과 가치와 은총을 독점하는 사람들이 있는 곳이 곧 소돔이다. 오늘날 그들은 내가 원하지 않는 것을 주겠다고, 줄 테니 어서 받으라고 한다. 그들은 자기가 무슨 짓을 하는지 모른다. 그렇게 주는 것은 절대자만이 가능한 일이고, 그러는 그들은 감히 신을 참칭하고 있다. 그것이 죄라면, 상대의 것을 뺏겠다고 하는 것보다 무거운 죄다. 그들은 자기들이 지은 큰 집의 하늘 위에 사다리와 문이 있다고, 하늘 문이 열릴 것이라고 소리친다. 문이 없는 하늘이 어디 있으랴. 그들의 말처럼 소돔의 하늘 위에도 문과 사다리가 있었다. 하늘 문이 열리고 그 사다리를 타고 내려올 것이 무엇인지를 모를 뿐이다.

야곱은 별이 빛나는 벌판에 홀로 있었다. 벌판에 홀로 있는 사람에게라면 편애와 사랑의 구분 같은 것이 있을 수 없다. 뭔가 있다면 천지간에 충만한 사랑일 뿐이다. 제 몸뿐이니 무서운 사랑 같은 것도 있을 수 없겠다. 홀로 있는 자가 아름답다. 미메시스의 장인이 그것을 상기시켜준다.

소설가 이승우는 단지 구약 이야기를 따라갔을 뿐인데, 어느덧 다른 앎의 세계가 펼쳐진다. 소설의 장인이 보여준 미메시스의 힘이다.

작가의 말

소설쓰기가 일종의 패러프레이즈라는 생각을 한다. 이미 쓰인 것을 다시 쓰고 풀어 쓰는 것. 그런 점에서 이 일은 번역하는 것과 같다. 번역은 원작에 대한 존중으로부터 시작하지만 아무리 잘한 번역도 원작과 똑같을 수는 없다. 설령 가능하다고 해도 똑같이 쓰는 것이 존중의 방법은 아니다. 그것이 평가의 기준이 되는 것도 아니다. 원작과 똑같이 쓰인 글은 다른 시간과 공간에 있는 독자에게는 오히려 원작과는 다른 글로 받아들여질 것이다. 그러니까 잘 번역된 글은 원작과 다른 글이다. 다른 글이어서, 다른 글이기 때문에 원작과 같다. 패러프레이즈도 다르지 않다.

이 소설집은 외아들 이삭을 제물로 바치는 아브라함에 대한 「창세기」의 일화를 이해하려는 마음에서 태어났다. 그 장면을 읽을 때마다 마음이 오그라들거나 찡그려졌다. 바칠 것을 요구하는 신도, 그 요구에 순종하는 아버지도 이해하기가 어려웠다. 나는 바칠 것을 요구하는 신이나 그 요구에 순종하는 아버지 대신 그 요구에 의해 제물로 바쳐지는 아들의 심정 속으로 들어가 이 이해할 수 없고 믿을 수 없는 이야기를 이해하고 믿으려고 했다. 그러니까 내 번역의 방법은 인간의 마음으로, 즉 소설을 통해 신의 마음, 즉 믿음의 문제에 접근하는 것이었다. '사랑'이 내게 발견된 열쇠였고, 그래서 나는 이 부담스러운 패러프레이즈 작업을 시작할 수 있었다.

이어서 자기 딸을 불량배들에게 내준다고 하는 소돔성의 롯, 아들과 함께 부당하게 내쫓기는 하갈, 그리고 쌍둥이 형제를 각각 편애하는 야곱의 부모에 대한 소설적 번역이 더해져 한 권의 책이 되었다.

잘 번역된 글은 다른 글이지만, 다른 글이어서, 다른 글이기 때문에 원작과 같다고, 패러프레이즈도 다르지 않다고 나는 썼다. 그러나 나는 이 문장을 수정해야 하겠다. 어떤 훌륭한 번역이나 패러프레이즈도 원작과 같을 수는 없다. 기껏해야 원작을 가리킬 뿐이다. 원작에 대한 존중에 의해 시도된 이 작업의 당연한 결론이다. 나는 내 소설들이 위대한 원작을 조심스럽게 가리키는 수줍은 손가락이기를 바란다.

2020년 11월
이승우

| 수록 작품 발표 지면 |

소돔의 하룻밤 …… 『문학과사회』 2018년 여름호

하갈의 노래 …… 『문학동네』 2018년 겨울호

사랑이 한 일 …… 『자음과모음』 2018년 가을호(발표 당시 제목 「사랑의 역사役事」)

허기와 탐식 …… 미발표

야곱의 사다리 …… 『현대문학』 2020년 6월호

문학동네 소설집
사랑이 한 일

1판 1쇄 2020년 11월 10일
1판 10쇄 2024년 11월 20일

지은이 이승우
책임편집 강윤정 | 편집 이재현 김영수 홍유진 | 모니터링 이희연
디자인 김마리 유현아
저작권 박지영 형소진 최은진 오서영
마케팅 정민호 서지화 한민아 이민경 왕지경 정유진 정경주 김수인 김혜원 김예진
브랜딩 함유지 함근아 박민재 김희숙 이송이 김하연 박다솔 조다현 배진성
제작 강신은 김동욱 이순호 | 제작처 상지사

펴낸곳 (주)문학동네 | 펴낸이 김소영
출판등록 1993년 10월 22일 제2003-000045호
주소 10881 경기도 파주시 회동길 210
전자우편 editor@munhak.com | 대표전화 031) 955-8888 | 팩스 031) 955-8855
문의전화 031) 955-2696(마케팅) 031) 955-2678(편집)
문학동네카페 http://cafe.naver.com/mhdn
인스타그램 @munhakdongne | 트위터 @munhakdongne
북클럽문학동네 http://bookclubmunhak.com

ISBN 978-89-546-7557-4 03810

잘못된 책은 구입하신 서점에서 교환해드립니다.
기타 교환 문의: 031) 955-2661, 3580

www.munhak.com